科幻教育作品系列

刘然　张英姿　主编

不管三七二十一

——江波科幻二十一讲

江波 ◎ 著

中国科学技术出版社

·北　京·

图书在版编目（CIP）数据

不管三七二十一：江波科幻二十一讲 / 江波著 .--
北京：中国科学技术出版社，2024.4
（科幻教育作品系列 / 刘然，张英姿主编）
ISBN 978-7-5236-0652-0

Ⅰ.①不… Ⅱ.①江… Ⅲ.①幻想小说－小说集－中
国－当代 Ⅳ.① I247.7

中国国家版本馆 CIP 数据核字（2024）第 075227 号

策划编辑	王卫英	
责任编辑	王卫英	
封面设计	北京中科星河文化传媒有限公司	
正文设计	中文天地	
责任校对	焦　宁	
责任印制	徐　飞	

出　　版	中国科学技术出版社	
发　　行	中国科学技术出版社有限公司发行部	
地　　址	北京市海淀区中关村南大街 16 号	
邮　　编	100081	
发行电话	010-62173865	
传　　真	010-62173081	
网　　址	http://www.cspbooks.com.cn	

开　　本	710mm×1000mm　1/16	
字　　数	183 千字	
印　　张	15.75	
版　　次	2024 年 4 月第 1 版	
印　　次	2024 年 4 月第 1 次印刷	
印　　刷	北京长宁印刷有限公司	
书　　号	ISBN 978-7-5236-0652-0 / I·86	
定　　价	98.00 元	

科幻教育作品系列

主　编

刘　然　　张英姿

编　委

孙小莉　　詹　晨
黄倩红　　陈　晨

序言

科幻日益成为全社会瞩目的焦点，也是助推文化、教育和产业融合发展的加速器。

近年来，国家和地方颁布了一系列扶持科幻发展的政策办法。2020 年 8 月，国家电影局、中国科学技术协会印发了《关于促进科幻电影发展的若干意见》；2021 年 6 月，国务院印发的《全民科学素质行动规划纲要（2021—2035 年）》中提出了"实施科幻产业发展扶持计划。搭建高水平科幻创作交流平台和产品开发共享平台"等任务要求。北京市人民政府在《北京市全民科学素质行动规划纲要（2021—2035 年）》《关于进一步推动首都高质量发展取得新突破的行动方案（2023—2025 年）》等文件中对首都科幻工作做了具体指示和要求。

科幻教育是科幻发展链条中不可或缺的一环，是科技创新和社会文明进步中不可替代的引导力量，承载着面向青少年撒播科学种子的任务。开展丰富多彩的科幻教育活动，有助于培养青少年的爱国情怀、社会责任感、创新精神和实践能力，有助于保护青少年的好奇心，激发他们的求知欲和想象力。

在 2023 中国科幻大会开幕式上，北京市科学技术协会、中国科普研究所联合发布了《青少年科幻教育指南》，为教师开展科幻教育、青少年开展科幻创作提供了学习、教学、教研的方法和指导。邀请著名科幻作家刘慈欣、王晋康、杨鹏担任"首都青少年科幻教育特别顾问"，为首都科幻教育的顶层谋划提供了强大的智力支撑。

北京科学中心作为首都科普的窗口和前沿阵地，在科幻教育领域持续发力，曾集中举办"首都青少年科幻教育"系列沙龙，围绕科幻中的美学教育、未来教育、影视教育、科学家精神等主题，开展对话研讨交流；以科技场馆为主阵地，举办了"科幻创作大师对话青少年""科幻 +"讲堂等活动，通过演讲、沙龙、探馆等形式探索科技科幻的跨界交融；积极推动"科幻进校园"，邀请科幻作家、科幻阅读推广人等专家学者，走进北京高校、中小学，举办系列创作培训活动，营造浓郁氛围；利用馆校合作基础，研发了一批可推广、实操性强的科幻视频课，将科幻教育落到实处。

在科幻教育的第一线，我们看到了孩子们求知若渴的眼神、欢欣雀跃的神情、奇思妙想的作品，也更加深刻感受到了工作的意义和责任。同时，我们也看到了科幻作家融入教育的满腔热忱，他们将经典科幻作品凝练提纯，转化为通俗易懂的解析，将个人的阅读创作经历倾囊而出，以期为生活在新时代的孩子们打开科幻世界的大门，为他们提供眺望未来的视角，赋予他们创新创造的勇气。因此，我们策划了由知名科幻作家领衔的科幻教育作品系列，与大家一同感受经典科幻的智慧光芒。

科幻作家江波参与了北京科学中心组织的科幻教育课程录制、科幻进校园、第十二届科幻创作创意大赛"光年奖"评审等活动，对首都青少年科幻教育工作有清晰深刻的感知。《不管三七二十一——江波科幻二十一讲》是江波涉猎科幻教育领域的集成之作，将其在科幻创作、经典赏析、科技前沿的独家观点娓娓道来，涵盖了《弗兰肯斯坦》《坠落火星》《中国太阳》等名作，囊括了人工智能、时间悖论、科学世界观等科幻热点话题，为青少年了解科幻、学习科幻提供了系统读本，值得品读借鉴。

我们也将继续深耕科普科幻领域，为青少年提供更加丰富的精神食粮，使之获得更加多元充实的体验和收获。"希望，是这个时代像钻石一样珍贵的东西"。让我们带着憧憬和希望，步入绮丽多姿的科幻世界，畅想遥远不可知的未来。

编者

2023 年 12 月

前言

不管三七二十一

七八年前，我写下了一个标题：江波科幻十三讲。为什么是十三？大概因为这是个质数，听起来比较酷。那时候的想法，是写一点关于科幻小说的心得，主要是向青年朋友推荐一些经典科幻作品。但随着内容的不断增多和调整，"十三讲"已经容不下了，于是改成了"十五讲""十九讲"，最后是"二十一讲"。不管三七二十一，就是它了。

科幻领域的内容非常庞杂，光是对经典科幻作品的评论，恐怕就可以洋洋洒洒写上几本专著。美国科幻作家詹姆斯·冈恩写过系列专著《科幻之路》，其中集中了许多经典科幻小说，并同时予以评论。我的这本书并非中国版本的《科幻之路》，我既没有冈恩那样的文艺批评能力，也没有那么多时间精力来阅读评述所有的科幻小说。所以我想表达的，更多的是一种志趣，传递一种审美。一个人的兴趣，只能引领，不能授予。人人都上语文课，最后乐于阅读和写作的人，只是少数。人人都要在学校里接受科学教育，到最后对科学感兴趣的人，也是少数。但如果不去引领，那么这些"少数"可能就会和自己的兴趣擦肩而过。挑一些有意思的话题讲一讲，激发兴趣，这大概是这些面向青年朋友的讲稿的全部意义。

本书分为三个部分。第一部分是方法论，包括第一讲和第二讲。第二部分是对经典科幻作品的赏析，包括第三讲至第十五讲。第三部分是对科学世界观的阐述，主题是"宇宙、生命、智能和人工智能"，包括第十六讲至第二十一讲。

第一部分回答了具有普遍意义的问题——科幻究竟具有怎样的意义？对这个问题的回答，在西方和在中国是不同的。原因在于，西方先于中国进入科技时代，在漫长的时期内，无论技术还是经济，中国都处于一个追赶者的位置。这就让中国的科幻小说也同样处在一个追赶者的位置。优秀的科幻作品很难在普遍贫困、科技落后的国家产生。中国发展振兴的过程，以一种曲折的方式被映射在中国科幻发展的过程中，这大概是历史的必然。

第一部分还回答了一个问题——如何创作科幻小说？这是科幻初学者的普遍问题，然而我只能提供特异性的答案，从我的个人体验简单谈一谈。科幻小说和普遍的文学创作一样，是需要经验的手艺活，提笔创作是唯一的途径。在创作中学会创作，就如军事家在战争中学会战争。在创作方法上，科幻小说和其他文学作品唯一的差异，大概就在于科学世界观的融入。

第二部分对经典科幻作品的赏析，是全书的主题。写作这件事，可以通过对技巧和方法的训练来提高，这可能是语文课的一种要求，但是我并不认为这是写作者抵达自由境界的途径。一个人如果要进行写作，首先要做的是模仿，在模仿中才能逐渐形成自己的风格和见解。要模仿，首先就要阅读。我冒昧地推荐一些科幻小说，这些小说，对我有着非同寻常的教益，我非常希望能够把我感受到的东西传递给读者，如果他们因此而对科幻小说（电影）本身产生兴趣，那就再好不过了。

科幻经典作品很多，本书中选择的只是对我的成长过程较为重要的一些篇章，具有强烈的个人烙印，所以只能算是一家之言，供参考。

第三部分对科学世界观的阐述，是希望把一些框架性的理解传递给读者。对这个世界的理解决定了我们对未来的想象。想要让科幻能在正确理解客观世界的基础上展开，科学世界观是最重要的基础。科普书籍浩如烟海，专精的学问可以让人穷尽一生。但如果对世界有一种大差不差的理解，大概就可以决定其所创作的小说的基调。

所以总起来看，这本书中包含的内容，主要是为青少年朋友，尤其是有志于从事科幻创作的青少年朋友提供一个参考系。水平有限，错漏在所难免，欢迎广大师友批评指正。

但不管三七二十一，先抛出话题吧。科幻的世界是一个永远无法抵达的未来，这本书是向那五光十色的世界投去的匆匆一瞥。

关于科幻创作，南方科技大学科学与人类想象力研究中心副主任刘洋老师著有一本《科幻创作》，是南科人文通识教材系列的一本，是他在南方科技大学多年授课经验的总结。特级教师曹勇军老师主编了一本《科幻写作十五课》，通过对经典科幻作品的剖析来教授写作技巧。这两本书对初学者是极好的参考。南方科技大学教授吴岩老师为了倡导科幻创作，主编了一套教程——《科学幻想——青少年想象力与科学创新培养教程》，不仅给学生提供了参考，也给老师提供了系统的教学方法论。如果阅读了本书后，想要在科幻创作上做更多的探索，以上三位老师的著作都值得尝试。

对于经典科幻作品的赏析，清华大学文学院副教授飞氘老师组织了三十位科幻作家写了三十一篇经典科幻评论，汇聚成了《想象科学——科幻文学经典撷英》。这是一本很有意义的书，从中可以大概了解中国当前的科幻作者当初是如何受到科幻的影响的。这也是一本很好的参考书，因为其中提到的经典科幻作品恰好可以作为一个索引，读者按图索骥就能够读到极为优秀的科幻作品。科幻作家萧星寒老师著有一本《星空的旋律——世界科幻小说简史》，虽然内容并非评论赏析，但也可以为读者提供一个快速的索引。重庆大学教授李广益老师主编了一本《科幻导论》，涵盖内容广泛，以专业理论的方式来对科幻作品进行分析，这可能是当下中国能找到的最权威的一本科幻研究著作，广而全，尤其适合想要深入了解科幻小说的读者。

我的这本小册子，也算是对以上这些优秀著作的一点补充吧！希望它也能给中国科幻理论的建设增添一点小小的色彩。

江波

目录

第一讲

绪论：国运与科幻，兼论科幻的意义

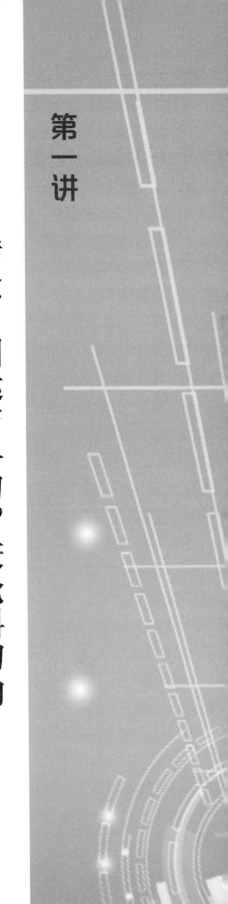

一个民族或者国家的运势，和它的文学之间，是否有什么强烈的关联？国家不幸诗家幸，是否为一种普遍规律？这可能是文学史的专家所感兴趣的问题，我也无力作答。但中国的科幻文学发展，恰巧和中国的国运关系紧密，这或许也只是个巧合，但结合中国的国运谈一谈科幻，我深以为有必要。在我看来，科幻文学事实上是一个社会对科技接受程度的表征，在科技时代，科幻文学不昌，只能说明要么科技尚未进入普罗大众的生活，要么它受到了某些刻意的压制。在中国，两种情况都曾经发生过。

在西方用坚船利炮叩开中国的国门之前，中国未尝有现代科学，对于各种现代技术也缺少兴趣，这种背景下自然不会产生科幻。但在中国历史上，一些幻想和惊人之举也是有的，比如万户飞天，有时也会被当作一种科学探索精神的象征，但一来这种举动并非理性精神的反映，更多的是受到狂放想象的驱动；二来，即便真的把这些算作科学探索活动，这也只是偶然性事件，更改不了大趋势。现代科学体系在西欧发展壮大，现代工业革命也发轫于西欧，随着欧洲列强的全球扩张，这些才进入中国，科幻文学也随着国门打开之后科学技术的到来，一起到来。

所以谈论中国科幻，就要从清末民初开始。

步入正题之前想要厘清两个问题。

第一个问题是虽然中国的国门是被迫打开的，但科学技术的输入对于中国人的物质和精神生活带来的是正面影响，而非负面。但这并不能消除侵略战争的罪恶，也不能抵消西方列强给中国人民带来的苦痛。整体而言，中国清末民初科学和技术的扩展，并非一种受到主观美德驱动的主动行为。侵略者想要获取更大经济利益，中国人民想要摆脱被压迫和奴役的命运，这两者的合力，自然推动了中国科学和技术的不断扩展。这个规律在任何一个前殖民地国家都会得到体现，绝不可以将它视为帝国主义的一种恩惠而走到侵略有功、殖民无罪的荒谬历史解释上去。

第二个问题是虽然古代中国没有产生现代科学体系，却有技术（虽然技术的发展在明清也趋于停滞），所以中国传统想象之中被带上技术元素，是一件自然的事。中国小说的发展，并非缺乏想象力，而是缺乏科学基础，因此在对事物的解释上，会以超自然的神秘性为主。此类想象仍旧可以被看作是对世界的一种解释和回应，这和科幻小说中体现出来的趣味类似。这一类文学，我们把它称为传奇，称为神魔小说、武侠小说。科幻小说中所描述的情景，在此类想象文学中可以找到一定的对应。比如针对"长生不老"这个话题，仙人给仙药，是神秘宇宙观的体现，并非科幻。然而如果以基因药物或者手术甚至人体改造的手段来实现长生不老，就是科幻。再比如人类飞行的梦想，其相关的想象从神话时代开始就比比皆是：到天上去相会的牛郎织女、月亮上的嫦娥玉兔……先人留下了许多生动有趣的故事；甚至还有《枕中记》这种人间方一日、地上已千年的时间相对性故事，被略微加以改造、赋予科学世界观，就是活脱脱的科幻小说。

如果古代那些想象文学作品都不算科幻，那么究竟什么才可以被认为是科幻？科幻和一般的幻想性小说的区别究竟在什么地方？

以我的浅陋见解来看，科幻就是根植于科学世界观的想象力。科学世界观是什么，就是认为我们这个世界是可解释的，非神秘的，不存在什么超自然力量，自然规律支配一切。科学就是对自然规律的总结，科学的发展就是自然规律不断被发现的过程。虽然科学仍旧有力所不能及的领域，但这并不因为它是神秘的、不可解释的，而是因为科学发展的阶段还不够。此外，科学世界观中还包括已经发现的客观事实，直接反对这些客观事实的幻想，自然也会被排除到科幻之外。

了解了这些对科幻小说一般性的探讨，我们再来看一看中国科幻小说的发展历程。

西方的科幻小说诞生于 19 世纪，一般会把玛丽·雪莱的《弗兰肯斯坦》视为第一篇真正意义上的科幻小说，发表的时间是1818 年。中国的小说中开始出现科幻元素，其实并不比这个时间晚多少，甚至相差无几。《镜花缘》最后成书时间约为 1818 年，里面有快捷的机械飞行器，可以乘坐游历四海；《荡寇志》成书于1847 年，其中存在各种新式武器，如"奔雷车""飞天神雷"。这与西方的科幻小说诞生在相近的时代，同时也是中国人受到西式武器、器械影响的结果。所以《镜花缘》里对飞行器的结构描述，近似于齿轮转动的西式钟表；而《荡寇志》里的各种武器，都由一个叫做白瓦尔罕的西洋人发明。这些西来的元素，被嫁接在中国流传的古典故事上，成就了一些中国 19 世纪的想象作品。但真要把这些作品称为科幻小说，却也不当。因为虽然《镜花缘》对飞车的描述相当地科幻，整体却是神怪的路子；而《荡寇志》，则完全是对《水浒传》的新演绎，其中西洋人白瓦尔罕所起的作用，相当于猎奇。对比《弗兰肯斯坦》，很容易看出其中志趣的差异。

所以大体上，当西方的科幻小说开始发展的时候，中国存在滞后的情况。这和中国科技的发展情况与科学文化的滞后传播是相对应的。

晚清时代中国国门被打开之后，知识分子痛定思痛，认为改变中国的落后国情需要开启民智，同时引进大量的科学概念和西方技术进入国门，这一过程也大大打开了中国文人的眼界。中国的科幻小说，也在这种大背景下正式萌发了。

晚清乃至民国时期，西方的译著占据中国科幻小说的主流，其中以儒勒·凡尔纳作品的译本为显著代表。鲁迅和梁启超都曾翻译凡尔纳的小说，也都对科幻小说寄予厚望，认为此种小说和别种小说不同，有助于科学的传播。鲁迅甚至说过："……欲弥今日译界之缺点，导中国人群以进行，必自科学小说始。"这句话调子很高，对中国文化界及中国科幻小说的创作有多大影响尚不确定，但至少从这段话中，我们可以窥见当时的人们对科幻小说的态度。晚清时期，救亡图存的潮流已然成形，对科学和技术落后的焦虑，也赋予了科幻小说消遣功能之外别样的政治意图。中国的科幻小说，有很深的政治烙印，这种情况要一直到20世纪80年代才开始改变。

翻译小说数量多，本土原创科幻作品相对来说要少，但也并不是没有。梁启超的《新中国未来记》、荒江钓叟的《月球殖民地小说》都属于中国原创的科幻类型，但大部分原创科幻小说都没有完结，这对照当时中国的社会环境，原因显然。在那个时期，清王朝风雨飘摇，政治动荡，老百姓连温饱活命都成了问题，图书市场自然也不容乐观。作者无法安心创作，也无法从市场得到足够的经济支持，这十有八九就是当时众多原创科幻小说夭折的原因。

中国的民国时期经历了几个阶段，从军阀混战、全民抗日到解放战争，相互之间衔接非常紧密。这个时期，政治和社会生活异常动荡。有个很有意思的数据对比，根据新中国成立初期进行的统计，1950年中国的识字率仅为20%，也就是说80%的人连自已的姓名都没法写出来，可谓是彻底的文盲。但在更早一些的时期，清代中晚期，文盲率的数据为 60%。这意味着在民国几十年的时间里，中国的文化教育，特别是底层的文化教育，不但没有进步，反而出现了退步的情况。其中的原因，可以归结为旧力已去，新力方生，青黄不接等多方面因素，此处就不再展开讨论。

在当时中国教育整体滑坡的基础上，科幻文化的繁荣也注定像是空中楼阁。与晚清相比，民国的科幻小说更显得萧条零落。因此，此处也就不再详细介绍探讨这一时期的科幻作品，只留下一个大致的印象，即这是个青黄不接的时期。究其原因：政治局势相较于晚清更加动荡，社会经济整体陷入凋敝状态，科学文化只在极少数精英分子中流传。

新中国成立之后，我国科幻文化的发展受到两大关键事件的影响：一是教育的普及，民众的识字率在经历了民国时期的低谷之后重新开始上升；二是工业化进程的启动，中国开始了从农业国向工业国转型的新长征。

在这两个基础上，中国的科幻小说迎来一个发展的高峰期。和时代相呼应，同时受到苏联文化的影响，这一时期的科幻小说充满了革命乐观主义精神和改天换地的气魄，热衷于用技术手段改造自然，创造美好未来。其创作的形式，以普及科学知识的科普型科幻小说为主，面向的读者群则很明显指向儿童和青少年。中国的科幻小说，在此后相当长一段时间内被归于儿童文学，和这段历史恐怕有很大关联。这段时期的科幻，被视为科普的一种手段，因此很注重科学真实性，甚至在文中大量插入和情节并不相关的科学知识，这也可以视为中国科幻文学中时常出现"科学解释"相关内容的滥觞。这个时期出现的优秀作者，在"文化大革命"之后的科幻文学"小阳春"中崭露头角。因此在我看来，这个时期是萌芽时期，即经过了民国时期的混乱之后，中国的科幻文学开始系统性发展。新中国成立初期的十多年，可以视为中国科幻文学的萌芽期。

我们可以从一些小说题目中，一窥当时的科幻审美趣味。

《梦游太阳系》
《从地球去火星》
《神秘的小坦克》
《铁鼻子的秘密》

在十年"文化大革命"期间，除了"样板戏"，其他的文化形式几乎都遭遇了停滞，科幻文学也不例外。这个特殊的历史时期，对于文艺创作来说，是一个巨大的停滞期，或者可以说是假死期。作者的创作被压抑，而这种压抑在"文化大革命"结束之后迅速爆发，形成了一个科幻创作的小阳春期。

在 20 世纪 70 年代末 80 年代初的小阳春期，诞生了一些具有代表性的科幻作家：郑文光、童恩正、肖建亨、刘兴诗、叶永烈……他们有一个共同特点，那就是在"文化大革命"前曾经创作过科普性的科幻小说，或者从事过科普工作。其中最著名的作者叶永烈，曾经是《十万个为什么》这套新中国最为重磅的青少年科普读物的主要撰稿人。这部作品影响过不止一代的中国青少年，包括我本人。因此，这一代作者的创作自然承接了 20 世纪五六十年代的科普型科幻的风格。然而，作者对创作的自觉性让他们开始走向更为广阔的创作天地，而不仅仅局限于科普的目标。

在 20 世纪 80 年代初期，科幻文学到底是坚持科学性还是文艺性，成了一个热门的争议话题。姓"科"还是姓"文"，关于这个问题的争论一直延续到今天仍有余波。

郑文光在长期的创作过程中，逐渐对科幻小说形成了自己的看法。他认为科幻小说作为小说的一种类型，并不寻求对科学的指导意义，而在于通过故事中的人物和精神力量触动读者。1979年，童恩正在《人民文学》上发表《谈谈我对科学文艺的认识》，提出"科学文艺"应与"科普作品"相区分。他认为科学文艺并不以介绍科学知识为目的，科学内容是"作为展开人物性格和故事情节的需要而充当背景的"。这些站在最前沿的科幻作家们，用自己的亲身体验推动科幻文学的发展。他们自身的作品，也逐渐从科普型科幻中走出来，更趋近现代科幻小说。

同时，这一时期的科幻小说销量极为可观。叶永烈的《小灵通漫游未来》累计印数高达300万册，这是一个令人惊叹的数字，而盗版数量恐怕更为庞大。此后，科幻小说要再次达到类似的畅销级别，则要等到《三体》的问世。

可以说，在20世纪80年代初期，科幻小说领域迎来了一个黄金时代，拥有重量级的作者和作品，发展景象一派蓬勃。然而，这种蓬勃发展在80年代中期戛然而止。

1983年底，清除精神污染运动展开，大量文学作品遭到封杀，科幻文学也受到了批判。究其原因，大致有二：一是随着科幻文学从科普自觉转向文艺自觉，一些作品在反思"文化大革命"和追求思想自由化的影响下，表现出对政治制度的高度怀疑和批判，这与当时的文艺潮流相呼应；二是由于新中国成立后，科幻文学在发展初期与科普之间的紧密联系，使得科幻文学在向新文学发展的过程中被视为科普的对立面，被视为一种"不实"的陈述。在这两点因素的共同作用下，科幻文学很不幸成为清除精神污染运动的牺牲品，从"小阳春"突然陷入隆冬时节。中国原创科幻文学遭遇了一次毁灭性的挫折。

然而，想象力对于故事的渴望如同石缝中的野草，只要有机会，就会顽强生长。可以说，这是人类的一种本能。此后，中国科幻文学在大众视野之外默默复苏，最后还是恢复了元气。

这里就不能不提《科幻世界》这本杂志在其中的巨大作用。1984 年之后，《科幻世界》作为中国科幻文学最后的庇护所，成为一颗孕育希望的种子。这并不意味着没有《科幻世界》就没有中国科幻。只不过，假如没有《科幻世界》，中国科幻的发展将缺少一个凝聚的核心，它的发展路途会更艰难，过程也更缓慢，效应也会更加滞后。例如，21 世纪网络文学快速发展，其中就产生了大量带有科幻元素的作品。如果没有《科幻世界》这一支脉络，那么将来优秀的科幻文学也可能会从网络文学中产生。再退一步假设，假如没有网络文学，那些接受了现代科学知识熏陶的人文知识分子也终将会拿起笔来，写出属于自己的科幻。对于这样的大趋势，我从不怀疑。如果有另一个平行时空，这将是科幻文学发展的另一种可能。

但我们还是回到现实中的发展来谈中国科幻。

概括从 20 世纪 80 年代中期到 21 世纪初的近二十年，可以说这段时期是中国科幻的一个蛰伏和复苏期。当时全中国的科幻作品发表平台以《科幻世界》为核心，中国科幻作者群和《科幻世界》作者群的重合率极高，并且这种情况一直延续到今天还影响犹存。《科幻世界》一枝独秀，成为孵化新一代科幻作者的平台。（虽然这段时期也有其他发表平台出现，如《科幻大王》《世界科幻博览》《幻想 1+1》等，但这些平台发表作品的数量和质量，以及所培养的作者群体，都无法和《科幻世界》相提并论。）

新一代的科幻作者是自然生长的作者，是从"科幻迷"转变为科幻创作者的一群人。和清除精神污染运动之前的科幻作者与科普之间关系深厚不同，新一代作者按照自身的科幻审美成长，没有任何历史负担，也彻底脱离了科普型科幻的约束（虽然在行文中也会出现一些科普的影子，但这是作者受到前辈作品潜移默化影响而至，在新作者中已经不再是主流）。新一代作者更多地受到西方科幻大师的影响。大家熟知刘慈欣的谦辞："我所有的作品，都是对《2001太空漫游》的拙劣模仿。"这显然并不是事实，但是作为一种表达，可以看出新生代作者并非直接继承从20世纪五六十年代乃至80年代的中国科幻一脉，而是另起炉灶，具有更广泛的国际视野。

将新一代的科幻作家划分时代，我认为可以将以星河、杨平为代表的北京作家群为起始，到大刘的《三体》横空出世为终。新涌现的作者群体人数众多，如果要选择代表人物，我个人倾向王晋康、刘慈欣、韩松三人。三人被称为"中国科幻小说三巨头"，共同点是笔耕不辍，著作丰厚，然而写作的风格和偏好却完全不同。三人之中，王晋康以庞杂见长，同时提出了核心科幻的概念，对科幻的预言式功能情有独钟；刘慈欣长于创新的技术奇观想象，瑰丽的大场面在他的小说中随处可见，以文明为单位的碰撞是其作品中的常见题材，对人类极限命运的拷问是他的拿手好戏，可以说刘慈欣是最典型的工程师科幻代表；韩松则行文较为晦涩，更关注社会问题的投射，更接近先锋文学。

在此特别聊一聊韩松。韩松的风格，在中国科幻小说中独一无二。除了他，其他作者的小说都可以被视为传统主流科幻，而韩松独辟蹊径，走了一条其他人不曾走过的路。他在自己以前的博客中写道：欢迎来到一个诡异的世界。的确，韩松的小说总是透着一股诡异的气息，大概是因为他对人性深处的恶有着非同一般的洞察力，而直面这些恶需要很大的勇气。他的作品是黑色的、前卫的，代表着中国科幻在另一个维度上的高度。

关于新生代代表作家，还有两个名字特别值得一提。一位是何夕。何夕的作品非常优秀，尤其擅长融入亲情和爱情元素，这一点使他相较其他三位作家独具特色。但他的作品数量相对较少，集中于中短篇，这一点与其他三位有显著不同。但何夕仅凭较少的创作数量，却获得了十四次银河奖，足见其优秀。

另一位是吴岩。吴岩的独特之处在于他不仅是位作者，而且还是一位研究者。他前期以创作科幻小说为主，后期则转向科幻研究和科幻教育领域，致力于培养人才、传播理念。他还主编了《20世纪中国科幻小说史》，为中国科幻树碑立传。这样的经历让吴岩成为中国科幻圈中极为独特的代表性人物。

此外，还有一位编辑不得不提。姚海军是这一时期科幻小说编辑的杰出代表。他不仅是王晋康、刘慈欣、韩松、何夕许多中短篇小说的责任编辑，也是"中国科幻基石丛书"的主编。该系列丛书是中国科幻文学的集结地，在相当程度上代表着中国科幻的主体面貌。

这一时期的作家还有很多，除了前文提到的星河、杨平，还有赵海虹、凌晨、苏学军、潘海天等。还有更年轻一些的陈楸帆、夏笳、宝树、张冉、郝景芳、程靖波等作家，包括我自己，绝大多数作家都是"70后"和"80后"。而"三巨头"中的王晋康已经70多岁高龄，刘慈欣和韩松则是"60后"。从这一点也可以看出一个简单趋势，文学需要时间的沉淀和积累，"70后"和"80后"作家们的未来仍然值得期待。

这一时期的作者群，人数虽然不多，但表现出了不同年龄层次、不同教育背景的丰富性。这正是自然生长的科幻群体所该有的样子。

20世纪80年代之后成长起来的科幻作者，经历的是改革开放的新时期。在这个过程中，中国人胼手胝足，勤劳刻苦，经济条件逐渐改善。同时，科教兴国的战略效果渐显，科幻文学的市场也逐渐成熟。这些因素综合在一起，让这一时期的科幻作者面对世界时不同于新中国成立初期的科普型科幻，呈现出了各种不同的视角。同时受欧美科幻文学大师的影响，又让这一时期的科幻作者天然具有国际视野，能够以人类命运共同体的角度来看待世界。

《三体》的横空出世可以被视为这个时代的收尾之作。对于中国科幻的研究而言，《三体》就是一道分水岭，它不仅是 20 世纪 80 年代以来中国科幻发展的高潮，也是科幻从小众走向大众的标志性事件。《三体》是真正的畅销书，虽然未来中国可能会出现更多优秀的原创科幻作品，并且可能更为畅销流行，但从影响力的角度来看，《三体》是无可企及的高峰。这是因为《三体》对于科幻文学的整体推动作用是其他后来者所无法复制的。时代呼唤科幻的流行，而《三体》恰好回应了这一呼唤。虽然后来者可以试图在科幻文本的艺术性和读者接受程度上超越它，但时代赋予《三体》的分水岭地位，已经成为历史的一部分，几乎不可能被超越。

后《三体》时代，科幻作者的群体变得更为庞大，更多的年轻作者加入了这一行列。这些"90 后"和"00 后"的作者成长在中国国力快速发展、国家面貌日新月异的时代，他们比前辈更加自信和多元化。这个时期的作者名字不再具体列举，了解他们最简单的方法就是关注华语科幻星云奖新星奖和银河奖新人奖的获奖名单。

大约从 2010 年开始，科幻文学的发表渠道也逐渐增多，从原先的《科幻世界》一家独大逐渐向着百花齐放的方向发展。《科幻世界》无疑仍然居于核心位置，但其他发表平台也逐渐开始发力。《科幻立方》在百花文艺出版社的支持下成为《科幻世界》之外最重要的实体科幻刊物;《银河边缘》以杂志型图书（mook）的形式同步海外发表国内原创科幻小说。此外，新的科幻征文奖项不断涌现，如未来科幻大师奖、光年奖、以王晋康老师命名的晨星·晋康奖等。这些科幻征文奖项为广大新作者提供了更多的作品发表空间，对促进新人的涌现和科幻文学的持续壮大功不可没。未来事务管理局等公司机构则以新媒体为平台，长期发表科幻作品，也为科幻作品的发表提供了新的出口。除了这些专事科幻的平台，许多传统文学杂志也开始重视科幻这种类型文学，设置科幻专栏或者发表某些作者的科幻小说。

尤其值得一提的是华语科幻星云奖。该奖项为中国科幻提供了一个征文奖之外的行业评议平台。星云奖于 2010 年由董仁威、吴岩、姚海军三位始创，在董仁威先生的努力推动和多年坚持下，2016 年之后获得甘伟康先生的支持，运营模式逐渐稳定。同时，星云奖的评选由以世界华人科幻协会为主体的星云奖组委会独立承担，和运营隔离。随着时间的推移，这样一套模式显示出越来越强的生命力，获得越来越大的影响力，是中国科幻发展中值得关注的现象。

2010 年之后，其他的艺术形式也开始更多地表达科幻内容。

2019 年，此前极少涉足科幻题材的中国影视界，居然在春节档同时上映了《流浪地球》和《疯狂的外星人》两部科幻影片。而在 2023 年春节档，电影《流浪地球 2》翻开了中国科幻新的一页。赛凡空间发起的电影《流浪地球 2》周边衍生品众筹居然突破了一亿，是原计划金额 10 万元的 1000 倍。这创造了历史纪录，意味着《流浪地球》系列已经不再只是电影，而是具备了 IP 运营的条件，成为一个备受瞩目的文化 IP。从文化发展的规律来看，影视作品天然比文学具有更广泛的传播力，这也意味着未来科幻的发展重心将逐渐转向影视领域。当然，这并不是鼓励所有作者都去从事影视改编，每个人都有自己擅长的领域。只是从发展趋势来看，影视将会成为科幻发展的主赛道，而文学则起到先锋和引领的作用。

种种迹象都表明，这是一个中国科幻快速繁荣的时代。

中国仍在继续发展，随着年轻一代的成长，科学和技术的知识也变得更为普及，这一切都为科幻文学的流行打下更加坚实的基础。下一个阶段的科幻，将成为大众文化的一部分，不仅仅限于书籍，还包括影视、游戏等形式。这些大众媒体将成为想象力的舞台，其中科幻自然是其中不可或缺的品类。

在这个阶段，科幻将回到其应有的正常位置上，作为一种文学艺术的题材而存在。与其他文学艺术形式的不同之处在于，科幻依赖于对科学技术的审美，同时又塑造对科学技术的审美。科幻不可能替代科技发展，即使偶尔有些科幻预言成真，其对于科幻作品来说也只是成功的个例。于整体而言，科幻对科学技术的发展更多地侧重于精神影响，而非具体指导。科幻与其他艺术文化一样，是一种心灵工程。它所关注的从表面上看是世界，更深层次地讲，它关注着心灵。它塑造着我们对世界的感知和理解，促进了对科技的期待。

从更大的角度来看，科幻文化将随着中华民族的伟大复兴而繁荣发展。从更小的视角来看，在科技时代成长的中国人无时无刻不在接受科幻文化的滋养。放眼全球，当前的时代充满着混沌和不确定，面向未来，思考人类未卜的命运，这样的思维方式在这个变动的时代弥足珍贵。

愿中国科幻生生不息，繁荣兴盛！

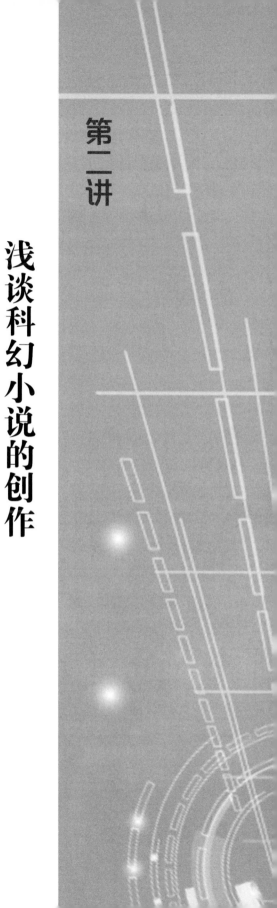

第二讲

浅谈科幻小说的创作

从 **2003** 年开始到现在，我写科幻小说已经有 20 个年头，如果把还没有发表作品的时期算上，那就是将近 24 年了。在这 20 多年的创作生涯中，我虽然没有取得什么特别杰出的成就，但对于科幻小说的创作，我也有一些自己的感悟。因此，我想把这些记录下来，希望对其他创作者有点参考价值。

首先，科幻小说是一种文学作品。因此，我想先从文学创作的角度来谈论。

让科幻小说作家谈文学，这对于他们来说似乎有些为难，因为绝大多数科幻作家都是"野路子"，凭着直觉写作，并没有经过系统性的理论训练，我也不例外。所以，以下的谈论只是我的感悟，离理论还相距甚远。这样的好处是易懂，因为其内容其实都是常识，但缺点也显而易见，即不成体系，难登大雅之堂。所以我是"姑妄言之"，读者权且"姑妄听之"。

对于一个有志于从事文学创作的人来说，我认为有三大要素至关重要。

第一，初心。

第二，要行动。

第三，丰富阅历。

初心作为第一要素，它是文学创作的源动力。初心回答了一个基本问题：我们为什么要写小说。在经济学家眼中，利益是人类活动的根本动力，所谓"天下熙熙，皆为利来；天下攘攘，皆为利往"。然而，在与精神相关的领域，如宗教、哲学、科学及文学，名利只是次级的驱动力。名利驱动之下，可以产生一些作品，但很难达到经典名作的水准。真正富有创造力、脍炙人口的经典作品，往往都是作者全身心地投入其中的结果。而作者要全身心地投入，就需要有初心。初心，可以是醍醐灌顶般的觉悟，或是热泪盈眶的感动，是深思，是欢欣……它是深及灵魂的一次触动。只有捕捉到这点触动，文学的初心才能够确立。一个人立志写出伟大的作品，然后试图通过不断的闭门练习来达到这个目标，这是可笑的。创作并非受特定指标约束的任务，它需要找到感动之处。我深信，若作家在创作之初缺乏某种触动的激发，要么只能墨守成规写出平庸之作，要么只能踟蹰不前，直至他找到那个灵感触点。因此，作家的创作常需借助采风，采风的过程既是丰富阅历的过程，亦是寻找初心的过程。

我们为什么而写作？是为了心中的那份感动。刘慈欣曾经分享自己的例子，当读完阿瑟·克拉克《2001 太空漫游》的那天深夜，他走出家门仰望星空，看到银河，在他的眼中，星空与过去完全不一样了，他第一次对宇宙的宏大与神秘产生了敬畏感，那是一种宗教般的感觉。这就是一种触动，他的众多作品就是在不断地表达这种触动。

在感动读者之前，我们要先感动自己。我相信这是优秀作者的起点。

不忘初心，方得始终。初心始终是文学创作的源泉，没有初心，或是忘记了初心，对于文学创作者来说，就等于抛弃了根基。没有根的植物，开了花，或许还可以在瓶中灿烂几日，然而终究会枯萎。唯有初心之根，才能源源不断地捕捉生活中的一刹那感动，让文学之苗始终生长。

所以初心是第一要素。

有了初心，第二步就是要将其表达出来，也就是要采取行动。

行动有两层含义。对于作者来说，第一层是开始动笔写作。人的记忆有限，如果不将内心捕捉到的感动化为文字，那么这种感动便会随着时间的推移而消失、隐匿。或许有朝一日它还能被重新唤起，但那时的感受却已经变得陌生。这种感觉在我阅读自己年轻时写下的日记时尤为深刻。日记中的事件我似乎还记得，然而当我看着它们时，陌生感却挥之不去，仿佛在与另一个时空的自己交谈一样。是我，又非我。甚至有些日记中提到的事情，在当时刻骨铭心，但此刻却已经全然忘记。如果不是通过日记记录下来，它们就会沉淀在大脑的角落里，化为灰烬，化成虚无。因此，一旦有了创作的初心，有了源自内心的感动，就一定要动笔开始写作。可以继续酝酿，但最后一定要开始写作。只有将故事写下来，才能留住它，才能将其变为作品，才能对现实世界产生意义。有一个小习惯，或许值得借鉴：随身携带一个小笔记本，或者直接利用手机，将那些一瞬间的感动或有趣的事情先记录下来。好记性不如烂笔头，诚如斯言。

有了点滴的记录，便要开始着手撰写文章。千想万想，不如一写。很多念头和想法，如果不将其写出来，很快便会消逝无痕。正如我阅读过去的日记一样，虽然被记录下来，但却已经不知所云。而且只有在写作的过程中，才会意识到原本想法中的漏洞，不断地完善它，让它变成一件真正的作品。行动起来，克服惰性和对写不好的恐惧，开始写作。开始写作，谁也不知道你是否会踏上一条成功之路，但不开始写，那么永远都不会上路。

行动的第二层含义，是持续。有一些心理学的研究证明，和人的成功相关性最强的两个因素，一是智商，二是毅力。在这其中，毅力与一个人一生中是否成功相关性最强。毅力是面对困难时坚持不懈的能力。在过去的十多年中，我的大部分小说都发表在《科幻世界》杂志上，这本杂志已经有 40 多年的历史。在这 40 多年间，虽然每年该杂志都有新作者出现，却极少有能够坚持创作 10 年以上的作者。那些坚持创作超过 10 年的作者，往往被视为具有一定分量和代表性的作家。叶永烈老师的例子就值得被举出。叶永烈老师的整个生涯都在不断写作，从不停歇，内容涵盖科普、科幻和报告文学等多个领域。每当一条道路被阻断，他便另辟蹊径。在他 60 多年的创作生涯中，他总共写出了 3500 多万字的作品，数量惊人。可以说，叶永烈老师之所以能够成为中国作家中一位丰碑式的人物，与他的勤勉不可分割。在国外，更著名的例子是艾萨克·阿西莫夫。阿西莫夫的著作，几乎可以用疯狂来形容。在打字机时代，他创造了如今网络文学作家才能企及的字数奇迹，成为深受大家敬仰的科幻科普大家。

创作力旺盛大概是叶永烈和阿西莫夫的特点。虽然在创作力方面，我们或许无法企及其高度，但向这两位老师学习，保持勤勉，始终坚持创作，这无疑是对我们的一种启示。当然，这并不意味着只要坚持就必定能够获得成功，但坚持往往成为取得成功的必要条件。一些年轻作者常怀着一夜成名的期望，希望能够创作出惊世之作。虽然这并非不可能，但从统计意义上来说，概率很低。我并不反对年轻作者怀抱这样的期望，但更为实际的观点是，人们应做好长期奋斗的心理准备，要百折不挠，坚持不懈。所谓初心易得，始终难求，在我看来，大约就是指坚持这一点吧。

创作文章没有什么捷径可寻，唯有不断写作，并在写作过程中不断提高写作水平。

最后第三点，是丰富阅历。这一点并不特别，因为只有阅历丰富的人才能够创作出真正栩栩如生的人物形象，构思出波澜壮阔或奇妙诡谲的情节。人类的大脑，先天存在差异，但更大的差异源自环境。人们的思考方式和行为模式，在很大程度上受到环境的塑造。目前我们无法控制人脑的先天条件，因此只能通过不断学习的方式、以广泛的阅历使大脑在后天发育过程中更为健全。阅历，是塑造人的智力和人格的最大影响因素。

那么，如何积累阅历呢？经典的说法是"读万卷书，行万里路"，但对于一般人而言，行万里路可能是一种较为奢侈的选择，因为时间、金钱和精力等方面可能存在各种限制。然而，在当今时代，图书成为一种非常容易获得的资源。只不过由于过于普遍，它的珍贵性也就被人们所忽视了。如今最繁荣的图书市场是少儿图书，而成年人读书的数量却有所下降。对于知识的传播而言，这无疑是个悲剧。一个有志于从事文学创作的人，应该始终是个进行大量阅读的人，因为这是汲取他人经验最快、最直接、最经济的途径。从孩童时期开始，我们就应该养成良好的阅读习惯，并且保持终生。我们的社会已经进入高度分工的阶段，有许多人会被困在重复性的生活中，因此缺乏体验不同情境的机会。要在缺乏丰富经历的人生中获取阅历，大量阅读书籍大概是唯一的途径。

此外，保持对生活的敏感也是积累阅历的一种途径。同样的事情在不同人的眼中，观点可能存在巨大差异。对于敏感的人而言，对生活和事件的细致观察可以让他们产生一些不同的看法。留心观察，即便在平凡的生活中，也能洞察人心百态，给自己的作品增添光彩。这样的例子比比皆是。例如，鲁迅的许多文章所讲述的事情本身很普通，但在他的笔下却充满了细节，文章就变得栩栩如生。闰土的形象在乡村之中很常见，然而在作家的笔下就多了许多细节。孔乙己的形象，大约也是鲁迅根据自己眼中部分贫穷读书人的特点总结出来的。优秀的作家具备一种天赋，即能够关注细节，从而显得阅历丰富。虽然一般人可能没有如此高的天赋，但至少可以通过仔细观察生活、留心细节来间接增多自己的阅历。

对于文学而言，以上提到的三点都是泛泛之论，我才疏学浅，难免存在不足之处。欢迎老师和同学们指正。

文学之外，我还想特别谈一谈科幻小说的创作，因为我所写的小说，绝大多数都是科幻题材。

中国科幻小说曾经经历过一个科普化的阶段，非常重视以科幻小说的形式宣传科学知识，有些类似于科学小品或科学童话。然而，科幻小说终究是小说，是一种文学。所以当科幻小说作家成长起来，自然就开始更加注重文学性。目前的主流看法，还是认定科幻小说属于文学的范畴。

从一个创作者的角度，在科幻小说属于文学范畴这个前提下，如何去理解科学和科幻之间的关系，就非常重要。科幻文学的本质源流是虚构文学。从想象力的角度来说，它和历史上曾经出现过的神话、仙话、武侠小说、奇幻小说等并没有什么不同。在故事的类型、人物的构造等方面，科幻小说都可以从其他类型小说中找到类似之处。爱因斯坦曾经说，想象力比知识更重要。这句话经常被人用来强调想象力的重要性。但我的观点是，想象力是人类与生俱来的能力，只要不去摧残或禁止它，它就能成长。从远古时代的神话，到今天的科幻小说，人类的想象力从未枯竭。然而，事物的另一方面却并非那么简单，那就是科学文化。科学文化包含两个方面，其一是以逻辑理性来看待这个世界，而不是用神秘主义的方式；其二就是大量的科学知识。在科幻小说的创作中，逻辑理性的思考方式或者说科学精神是最重要的，科学知识其次。从事科幻小说创作的人，在这两个方面都需要具备较为深厚的积累。

逻辑理性思考方式的源头大约可以追溯到古希腊时期，经由文艺复兴运动而发扬光大，和实证主义相结合，孕育出现代科学。这种思考方式蕴藏在小说背后，并不直接彰显，然而却能从文章的格调中感受到它的存在。然而，培养逻辑理性的思考方式并不容易，因为这种思考方式往往和人类的直觉及情绪支配冲突。我们的九年制义务教育中，普及化的数理化课程对于培养逻辑理性思考能力起到了很好的推动作用。

思维方式的基础是世界观，科幻小说的基础是科学世界观。关注人类和世界的未来，是科幻小说区别于其他类型小说及主流文学的重要特点。大多数小说，所关注的焦点在于人与人之间的关系，少数会描写人和自然之间的关系，比如一些探险小说和动物小说。而科幻小说，则是对人类和世界的未来进行思考，它所关注的对象是整个世界，往往会以人类命运共同体的方式来观察人类。尽管在科学出现之前也有类似的作品，比如神话，其实就是一种对人类起源和命运的思考，以及奇幻小说和武侠修仙小说也会对世界进行探索和思考。但是这些内容缺乏科学的根基，因此思考和现实之间缺少贯通，成了彻底的空想，思考人类命运也就成了虚妄，最多也只具有寓言的性质。

我们生活在科技时代，科学推动技术的发展，技术推动社会的进步，这是近两百年来世界发展的主流趋势，所以思考人类的未来就离不开对科技本身的思考。以未来时代为描述对象的小说，也就是科幻小说。这种特殊的性质让科幻小说成了人类探索精神的代表。

科学的世界观包含大量科学知识。在知识爆炸的时代，要掌握全面的科学知识，成了一件非常困难且遥不可及的事。但是掌握科学世界观的大框架仍旧是可能的。一个人应该具备什么样的知识框架，我把它总结成几方面：宇宙、生命、智能和人工智能。

宇宙无垠，人类渺小，这是我们要建立的第一个概念。银河系的直径有 10 万光年，人类发射出的飞行器，最远还没有能飞出太阳系，而太阳不过是银河 3000 亿恒星中普通的一颗。地球只是宇宙中的一粒沙，人类则是地球上微不足道的附着物。无穷的世界等待着人类去探索。

生命的演化则是一个奇迹，一个可以被科学正确理解的奇迹。演化的基础是 DNA 和蛋白质的分子属性，基础的生命化学反应是简单的，大自然却用 42 亿年的时间雕琢出无穷无尽千奇百怪的生物圈。这无疑是一个神迹，然而在科学看来，唯一的神就是自然规律本身。在基因工程大发展的今天，人类也正逐步掌握生命自身的奥秘。

生命演化产生智能，产生自我意识。脑科学和神经科学的不断进步，让科学越来越接近神的领域——解释意识及人类自身所创造的一切精神价值。计算机技术和人工智能的发展，则让人类开始扮演造物主的角色。

宇宙、生命、智能和人工智能，这就是科学世界观所描绘的大框架，是人面对这个世界发出疑问时所思考的大方向。如果用一个宏观的视角来观察科幻小说，那么它就建筑在这样的一个世界观之上。

哲学家康德的墓志铭是这样的："只有两件事让我越是思考，越觉神奇，那就是我头顶的星空和内心的道德律。"尽管康德的话另有含义，但是借用来描述科幻小说的两个特质，我觉得再合适不过。"头顶的星空"代表我们所在的这个世界，我们思考它如何构成、会如何演变，以及是否隐藏着不为人知的秘密。"内心的道德律"则回到人类社会本身，叙述关于人的故事。优秀的科幻小说，恰好是这两者的巧妙平衡。

因此，对于科幻小说的创作而言，不断丰富和巩固自己的科学世界观，提高自己对自然、宇宙和生命的理解，会有极大的促进作用。所以我经常鼓励创作者要多阅读优秀的科普图书。很多时候，当自然的奥秘从字里行间跳出来，科幻小说的种子也就被悄然埋下了。

当然，那些关于人的情感，亲情、友情、爱情，或家国情怀，也是小说所必需的元素。只不过，这些元素对于任何小说来说都是必需品，也就不再强调。

如果你从本文中有所感悟，那么就提起笔，开始创作科幻小说，并坚持写完它。如果你觉得上面的行文过于啰唆，那么这就是我对于想要开始科幻创作的朋友唯一的建议。

第三讲

科幻小说的经典范式：
《弗兰肯斯坦》

谈及科幻小说，必然要提到《弗兰肯斯坦》这部作品。一般追溯科幻小说的源流，都会把《弗兰肯斯坦》视为科幻小说的滥觞。这部小说是由著名诗人珀西·雪莱的夫人玛丽·雪莱所创作，发表于 1818 年。

1818 年的西欧，正处于工业革命的进程中。工业革命开始于英国，时间上的发端为 18 世纪 60 年代，当时距离工业革命开始已有 50 多年的时间。如果再往前追溯，另一个时间点值得注意——1660 年，英国皇家学会（又译英国皇家科学院）成立。

从英国皇家学会的成立到工业革命，大约经历了一个世纪的时间。从工业革命开始到第一篇科幻小说的发表，则是 50 多年的时间。这 150 年的时间，正是科技从无到有、加速发展的时期。

科技指的是源自现代科学的技术。技术的发展并不一定需要现代科学，从人类进入文明时代开始，技术就和人类相伴。往前追溯，如果把使用工具当做技术能力，那么从我们的人猿祖先开始，人类就已经在使用技术。从渔猎、农业革命到金属冶炼，无一不伴随着技术的进步而发展。在现代科学诞生之前，人类一直在使用技术并且利用技术获得相对于其他物种与族群的生存优势。然而，直到现代科学诞生，技术才真正得到指引性的发展，进而加速发展。

科学的理性主义思维方式和对自然奥秘的探索为技术的发展奠定了基础，而技术的发展则创造出更强大的工具，提高了科学研究的能力，进一步推动科学的发展。技术发展有其内在的驱动力，但在科学出现之前相对盲目，具有较强的偶然性。古代社会农业和动物的驯化很大程度上受到当地的动植物资源影响，这对于古代文明的起源有着近乎决定性的作用。然而，科学的诞生使技术的发展有了前进的方向，从此技术与科学紧密联系在一起。科技一词将"科学"和"技术"合二为一，是中文特有的词汇。在英文中，技术（technology）和科学（science）仍然是两个分离的概念。但我认为，"科技"一词更具有代表性，它包含了科学基础的内涵，用于概括自 17 世纪以来的主流技术发展更为合适。

在科学发展和工业革命的基础上，科幻小说也开始应运而生。

科幻小说作为一种文学形式，反映了社会思潮。科幻小说的兴起与科学文化的普及、工业革命的推进密不可分。在玛丽·雪莱进行创作的时代，工业革命仍在进行中。尽管英国的工业化尚未完成，其他国家也在这方面落后一些，但科技引领社会进步的趋势已非常明显，公众对此也有了较为充分的认知。这种认知进入到精神文化领域，并催生了科幻小说的兴起。

《弗兰肯斯坦》的诞生有一个小故事。1816 年，当时玛丽一家与诗人拜伦在日内瓦相聚。恰逢那时天气阴雨连绵，大家无事可做，于是拜伦提议各自撰写一则鬼怪故事，以消遣时光。而玛丽·雪莱创作的作品，就是《弗兰肯斯坦》。

> 1816 年被称为"无夏之年"。因为在 1815 年，印度尼西亚的坦博拉火山爆发，大量火山灰进入平流层，遮蔽了阳光，导致 1816 年全球发生了异常的气候变化，整个欧洲遭遇了非常罕见的没有夏天的情况。而玛丽·雪莱的第一部科幻小说，恰好因为其当时所在

的阿尔卑斯山天气阴雨连绵、阴冷潮湿，以至众人无法外出游玩，只能困在室内。这催生了她关起门来写小说的情况。从某种意义上说，科幻小说诞生的确与那场灾难性气候事件有着直接的关系。冥冥之中，这大概可以被视为一种有启发性的关联。

玛丽·雪莱将《弗兰肯斯坦》当作一个鬼怪故事，她的出发点是猎奇和制造惊悚。《弗兰肯斯坦》也确实达到了这个效果。只是因为它恰好与科学知识有所关联，所以被归类为科幻小说，并成为科幻小说的先驱。

我们可以从中得知，科幻小说作为一种虚构文学类型，并不是凭空产生，而是有着文学的渊源。这样的渊源可以追溯到远古的神话，西方世界的民间传说、骑士小说和鬼怪故事都可以被看作是科幻小说的前身。

如果用一句话总结这个现象，可以这样描述：当科学时代到来，科技的影响力渗入大众生活，成为精神文化的新源泉，并且与传统的虚构文学相结合，科幻小说便诞生了。

因此，科幻小说可以被视为想象文学的一个分支，是在科学技术的刺激下产生的一种想象文学。或者说，科幻小说是根植于科学技术事实的想象文学。

请注意，"根植于科学技术事实"并不意味着小说中所描述的是科学技术事实。例如，基因决定生物的发育和性状，这是一个科学事实。通过修改基因可以避免某些疾病，这则是一个有待证实的科学事实。虽然对于一些疾病而言，它是一个业已证实的科学事实。比如镰状细胞贫血，该疾病仅受单基因控制，如果能够精确修改这个基因，就有可能避免这种遗传疾病。然而，对于更多的受多种基因控制的遗传疾病，能否通过基因修改来规避或在多大程度上规避，还需要进一步的研究来证明。至于通过基因修改让人类拥有超级能力，这就不是科学事实，而只是小说中的虚构情节。科幻小说的内容可能涉及有待证实的科学事实，也可能违背实际科学事实，但由于其受到科学事实的影响，我们仍然将包含这种内容的作品归类为科幻小说。

基于此定义，科幻小说的范畴较为宽泛，这也是一个值得探讨的课题，但在此不展开讨论。

重新回到《弗兰肯斯坦》这部小说。故事中，科学家弗兰肯斯坦利用拼凑尸体并通电的方式创造出了一个人造人。它力大无穷，身手敏捷，还狡黠多智。然而，它逐渐走上了歧途，开始作恶，并纠缠它的创造者。弗兰肯斯坦的亲人接连被怪物杀害，陷入了悲惨的境地。之后他开始反击并试图杀死自己所创造的怪物，却一次次失败。故事最后在南极结束，弗兰肯斯坦丧命，而怪物则在丧失生存动力的情况下自焚而死。

分析这个故事的结构，我们可以将它看作科幻小说的一种范式：科技改变世界，创造出意料之外的怪物（引起惊奇、惊悚和敬畏等情感）；怪物反噬创造者，矛盾冲突产生，故事也因此而形成。

科幻小说需要具备神秘感，而其中许多作品的神秘性并不仅基于科技所创造的事物，而是人类经验之外的事物，如外星人、天灾等。这类科幻小说的主要故事矛盾在于人类与外部世界之间，科技在其中充当了人类与自然对抗的武器，成为人类赖以生存的方舟。其中的代表作，以《2001 太空漫游》为典型，后面的章节将对它进行详细分析。而《弗兰肯斯坦》则属于另一类范式，即科技自身对人类产生异化，而这种异化的人类给社会造成了危机。《弗兰肯斯坦》作为第一部真正意义上的科幻小说，我们可以把这种类型称为"弗兰肯斯坦范式"。

我们现在来看一下"弗兰肯斯坦范式"中的各个元素如何组合。

首要元素是一种超越性的技术。技术的发展往往是社会发展的动力，因为它是生产力的一部分，而生产力的发展推动着生产关系的变革，引发社会的变革。与经济相关的技术通常会逐渐渗透到社会的各个方面，以一种润物细无声的方式改变社会，并积累矛盾，最终引发社会变革。与武器相关的技术则更被统治阶级看中，它们能够获得迅速扩展的特权，但是越是高级和复杂的技术，就越依赖于社会的整体发展，无法一蹴而就。举例来说，现代的第五代战机其实有赖于完整的后勤保障体系、电子通信网络和高端制造工业体系。因此，总体而言，在我们现实生活中，技术对社会的影响是渐进的，而非突变式的。迄今为止，人类还没有开发出一种牵一发而动全身的技术，让拥有这种技术的一方突然之间可以肆意妄为。例如，工业革命确立了英国的领先地位，但前前后后耗费了约 100 年的时间。信息革命更新全球经济的面貌，则是在大约半个世纪的时间内逐渐从先发国家向后发国家渗透，且先发国家内部也存在逐步扩展的过程。因此，高科技并不是一个独立的存在，它大约是社会发展综合能力的体现，并且极其依赖于发育良好的社会体系。科技天才发明出一种超越性的技术，从而改变了历史进程，这种情况在人类的历史中可能从未发生过。

在人类历史上，核武器可能是最接近决定人类命运的技术，而未来的人工智能可能是另一个候选者。但核武器还是依赖于一个大型的工程项目，即曼哈顿计划。它调动的人力资源达数十万人，由国家机构推动，并非某些天才科学家独立完成。尽管奥本海默在其中起到了关键作用，但如果没有奥本海默，该项目仍然会成功实施。人工智能的开发也同样是一个庞大的系统工程。在人工智能未来的发展中，假如某个疯狂的科学家站在关键节点上，做出了违背人类整体利益的事情，导致灾难性后果，这是有可能发生的。但是人工智能的发展过程本身，显然也不是由某个天才科学家或发明家造就。许多科幻小说往往夸大了个人能力和特定技术效果，这是艺术加工，也可能是因为作者的能力和经验无法完全把握现实的复杂情况，因此进行了高度简化。

然而，在科幻小说中，超越性的技术往往是故事情节的基础。这种技术通常会造成立竿见影的效果，并且其影响之大，小则影响一个团体或城市的生死，大则影响整个人类文明的存亡。这大概可以看作技术推动社会发展的一种缩影。

在《弗兰肯斯坦》中，超越性技术表现为给由尸块拼凑而成的人体通电使其复活，成为一个新生物。这种突破性技术造成迫在眉睫的危机。新生物拥有超人类的力量，但却形容丑陋，被人所惧怕。新生物不被人类接受，于是选择与人类为敌，特别是与创造它的弗兰肯斯坦为敌。它活着的唯一目的就是给弗兰肯斯坦带来苦难。作者通过这种尖锐的对立，展现了一个跌宕起伏的故事。

危机的最后落幕，往往是人类重新掌控了技术。

弗兰肯斯坦范式具有深刻的含义，代表了人类对科技文明的警惕和反思。尽管在玛丽·雪莱的时代，这种范式只是一种惊悚和猎奇，但随着时间的推移，尤其是在人工智能获得长足发展的当下，科技创造出异类的可能性越来越大，弗兰肯斯坦范式也越来越显示出其精神价值。例如，《终结者》这部电影即可视为典型的弗兰肯斯坦范式。人类创造的人工智能最终背叛了人类，对人类发动了毁灭性的战争。这是一种大格局的弗兰肯斯坦怪物，类似的大格局作品还有《黑客帝国》。视野小一些的作品，如《机械姬》，讲述了一个机器人杀死自己的创造者，并潜伏在人类社会中的故事。在电影工业中，弗兰肯斯坦范式最具魔力，因为它能够提供足够的戏剧张力，而且也符合电影的时长要求。所以科幻电影中，可以看到许多诸如此类的弗兰肯斯坦式设定。

此外，《1984》和《美丽新世界》等作品则被认为是非典型的弗兰肯斯坦范式。它们并没有创造一个具有实体的怪物，而是对人类组织结构进行异化。按照某些分类标准，这些作品可以归类为软科幻或社会型科幻。然而，如果我们将这些对人类造成危机的组织抽象成一个怪物，它们与《弗兰肯斯坦》仍然具有相似之处，只是这种怪物没有具体的形体。

弗兰肯斯坦范式对于科幻小说来说是一种常见的形式，大多数科幻小说，大概都能够套入这样一个范式中。但是，这里并非要否定《弗兰肯斯坦》之后科幻作家的创造力，而只是针对科幻艺术的类型进行总结。科幻的创造力不在于它是什么模式，而在于其所想象的事物是否足够大胆、新鲜，同时又能够立足于科学理性之上。范式有点像拓扑结构，一个带柄的杯子和一个甜甜圈，一个人和一根柱子，在拓扑结构上是一致的，但它们是两种截然不同的事物。另一个类比是脊椎动物的基本结构在鱼类、两栖类、爬行类、鸟类和哺乳动物之间是一致的，然而这些千差万别的动物门类形成了丰富多样的生物圈。所谓的范式仅是指基本结构，各种变体足以让后来的科幻作品与《弗兰肯斯坦》千差万别，甚至毫无共同之处，就像鱼和鸟一样。

先行者有先行者的命运，后来者有后来者的运气。范式并非紧箍咒，而只是一个参考，一种传承。新的事物会在传承中发扬光大，层出不穷。让我们在弗兰肯斯坦范式中起舞，创作精彩纷呈的科幻故事。

第四讲

历史的一体两面：《坠落火星》

我第一次读完《坠落火星》的时候，就被它深深打动了。这篇作品寓意深刻，令人回味无穷。它不仅描述了一个逼真的火星世界，更是写出了面对险恶的环境和更险恶的人心时，历史未必是我们所想象的那样。杰弗里·兰迪斯用生动的笔触描绘了一个故事，揭示出人性的黑暗和光明。

我不禁思考，何为好的科幻小说？是否存在一定的评判标准？经过思考，最终还是认为没有一定之规。科幻小说是幻想文学的一个分支，幻想文学的变化形态有多丰富，科幻的变化形态就有多丰富。好的科幻小说并不受制于特定规则，它遵循文学的一般规律。所以写作科幻小说，从传统文学中吸取滋养必不可少。

科幻小说首先是一种文学。《坠落火星》就是一篇具有浓厚文学韵味的小说。它的开头和结尾，堪称教科书般的文学技法。

文章开头就表达了对历史认知的质疑：

"历史并不一定如我们所希望的那般美妙……"

这一句带有否定性质的话颇具玩味。我们所希望的历史是"美妙"的，然而"不一定如我们所希望的那般美妙"，意味着一些不为人知的事情掩藏在"美妙"背后。这是一种模棱两可的表达，质疑和肯定都并非绝对。作者在这里设下了第一个疑问，因为对这种模棱两可的表述，读者会在潜意识里形成疑问。这就给文章设置了第一个悬念。

紧接着，小说后面是一段对于火星移民的描述：

"火星上的人们没有文学。移民火星的过程是不可饶恕的罪孽。那些被放逐的人们没有时间写作，但是他们仍然有故事。他们把这些故事讲给年纪太小、还不能真正理解其中含义的孩子们听，孩子们又讲给他们自己的孩子们听。这些故事成了火星的传说。"

　　这段话承接"历史并不如我们所希望的那般美妙"，接着就直接引出叙述的对象——历史。历史是怎么形成的？是在故事中形成的，是一代代的传承，是关于那些相隔已久的岁月的传说。这既是对全文第一句的展开，又是故事的引子。它点明了故事的科幻背景，即这是一个火星故事；又直接埋下了第二个悬念：移民火星这么伟大的事，为什么是不可饶恕的罪孽？

　　之后的第三段又是一句话独立成段：

　　"这些故事中没有一个故事是爱情故事。"

　　关于火星移民的故事肯定很多，但作者特意强调没有一个故事是爱情故事。这种强调进一步增加了悬念：那这些究竟是什么故事？

　　因此，从文章开头来看，作者的悬念设置非常娴熟，短短的开头并没有开始真正的故事，而是用一种更为广阔的视野来看待整个故事，把读者引入遥远的火星世界里，那个朦胧不清的移民故事之中。

　　通常来说，小说的开头常常直接切入细节，进入具体事件本身，如描述"砰"的一声响，街上有人中枪了。然而，《坠落火星》采用了启发性和思考性更强的宏观角度来开头。这种开头带有以始为终的意味，无论后面的情节如何展开，最终都要回归到这个开头，与之形成呼应。如果将其看作一个问答题，那么开头设立悬念、提出问题，而整个情节的展开直到结尾，都在回答这个问题。

文章的结尾是这样的：

"自从第一个难民来到火星，火星上就发生了很多故事。这些故事里没有一个是爱情故事。"

这个结尾完美地呼应了开头，令整篇文章的意境丰满起来。读者读完整个故事，再读到这句点题之句，会产生豁然开朗而又回味无穷的感受。这就是文学技巧的力量。

但是仅凭文学技巧，无法创作出一篇优秀的科幻小说。《坠落火星》不仅文学技巧娴熟，而且充满着科幻质感。

科幻小说所拥有的质感是基于科技的想象。在某种程度上，它带有强烈的现实感，因为科技本身是具有可实现性的事物。例如，古人想象一个人飞天时，可能会想象其像鸟一样长出翅膀，或者踩在云朵上。而现代人了解空气动力学，懂得了作用力和反作用力等科学知识，并拥有飞机和火箭等工具，因此就会想象宇宙飞船和仿生空气动力飞行器等事物。尽管这些事物并不存在，但它们是一种基于科学理解和现有技术的推演，在未来的语境中仍然具备可实现性。因此，一篇科幻小说如果基于这些具有可实现性的事物进行创作，便具备了科幻质感。反之，可实现性越弱，科幻质感也就会越弱，从而向着玄幻和奇幻过渡。当出现像超人和绿巨人这样的超级英雄时，小说就已经处于科幻和奇幻的过渡地带了。一些作品中虽然包含科幻元素，但其幻想内容并没有可实现性，比如黄易先生创作的一些故事中，人可以在太空中随意行走，星球可以有生命，水和火都有终极起源星球……天马行空，不拘一格。黄易先生将自己的作品定位为玄幻而非科幻，作品中幻想的可实现性是一个重要因素。从科幻到玄幻是一个逐渐过渡的过程，即便在玄幻小说中，仍然可能出现某些具有科幻属性的设想，这就使得科幻的界限变得模糊。当然并不存在一种绝对客观的量化评分来判定一个作品的科幻属性，但我们可以使用打分来对科幻属性进行评价。打分自然具有强烈的主观性，不同的读者可能存在不同的标准，但大部分读者的整体评价应该更趋近于该小说的真实面貌。

按照我的标准，我认为《坠落火星》在科幻质感方面可以打九分。没有给满分的原因在于该小说对科技本身的描述并不多。尽管虚构的移民火星的事件具有相当大的可实现性，然而小说中并未详细描述这种可实现性，而只作为背景使用。科幻质感强烈的作品，对于科技的可实现性和应用情况往往会进行丰富的展示，而该小说并没有将着力点放在这方面。尽管如此，在小说粗略的描述中，我们依然能够感受到令人惊心动魄的未来画面。

首先，小说描绘了移民火星的画面。火星被当作一个流放地，大量地球上的罪犯被流放到那里。历史上，罪犯经常会被流放到偏远地带。比如，在清代宫廷剧中常见把罪犯流放宁古塔与披甲人为奴的情节；沙俄时期，西伯利亚也是犯人被流放的常见地点；澳大利亚则被大英帝国视为一个绝佳的与世隔绝的流放地。火星作为一个环境极其险恶的地方，需要大量的开拓者。一般来说，在外太空的环境下，开拓者只能是由先进科技武装起来的科学研究者。然而，在这个故事中，作者从历史中汲取灵感，将火星的险恶环境与流放地联系起来。大批飞船载着人们前往火星，人们被强制迁徙到火星上进行开拓，甚至连登临火星都被以货运方式装载而来，不需要返回航程的飞船。与此形成鲜明对比的是火星上受到优待的先行者们。这两类截然不同的人在火星上共存，必然引发冲突，经历混乱，最终才能形成秩序。流放地给人荒凉混乱的印象，而火星探索则是一种高科技意向。这两者结合形成了一个非常有戏剧张力的小说背景。这种结构性的张力，在边疆故事中也常见。从本质上说，《坠落火星》就是一个边疆故事。荒蛮与文明的混合，秩序与混乱的抗争，欧洲人移民新大陆的历程，以及美国人开拓西部的过程，都充满类似的故事元素。读者在阅读过程中，不知不觉会将其与历史经验进行对照，与历史情境的相似，让这个故事拥有很强的现实感。

当然，与移民新大陆相比，移民火星的难度远远不在同一层面。正因为如此，移民火星就成了一项极具技术挑战的任务，需要克服诸多困难。对于一部科幻小说而言，正是这些挑战为其提供了充满创作空间的舞台。因此，我们得到了第二个场景画面，即改造火星。

然而，火星的改造需要大量科学家和工程师的持续努力，这成为故事的另一个冲突点。改造火星是人类的一个梦想，如果火星拥有适宜的环境，人类在太阳系就将拥有第二个家园，从而极大提高了极限生存能力。这种设想显然在科技允许的范围内，具备一定的可实现性。在现实中，甚至有马斯克这样的理想主义者宣称要在 2050 年之前将 100 万人送上火星。尽管以现在的技术条件这个愿景恐怕难以实现，但它至少说明人类并没有放弃移民火星的梦想，它仍旧保留在人类的太空愿景之中。

故事在这种具有可实现性的氛围中展开，就产生了强烈的科幻质感。虽然现实中技术条件尚不允许我们真正实现它，但科幻的作用正是将这些梦想提前展示给读者。

作者为什么会有这样一个梦想，也值得探讨一下。

写小说和拍电影，其实都是在讲故事。虽然它们的表现手段有很多差异，但从创作者的角度来看，它们有一点是相似的：创作者必须对自己所描述的事物深信不疑，并投入巨大的热情。一篇小说能产生强烈的科幻质感，根本原因在于作者本人对此深信不疑。即使作者明白自己可能只是在"胡说八道"，但他也要一本正经地"胡说八道"。这是我在观看美国科幻电影时得出的一种想法。中国的电影人经常说，中国人拍科幻片会有一种违和感，总是与影片的氛围格格不入。这实际上是一种缺乏自信的表现。只有当中国人自认为拍摄科幻片及中国人出现在科幻片中是理所当然的时候，中国优秀的科幻片才能出现。因为只有在思想层面解决了"理所当然"的问题，才能全身心地投入其中，塑造出令人信服的细节。这并不是说思想万能，而是意味着思想先行。只有在自我相信的基础上，作品才能展现真正的科幻质感。

作者杰弗里·兰迪斯是美国航空航天局（NASA）的火星计划专家，其日常工作与火星息息相关，对于人类如何在火星上生存，他早已有了深入的思考。尽管这些思考的细节未必都在小说中得到表达，但对于他打造真实可信的火星探索氛围无疑有着莫大的帮助。相比之下，中国的科研工作者鲜少有涉足科幻创作的大家。这可能与我们的教育制度强调分科学习和学有专长有关。我非常期待新一代的科研工作者能加入科幻写作的行列中，特别是对陌生世界的探索，对科幻写作有极大帮助。

在科研工作者创作科幻方面，卡尔·萨根就是典型的例子。作为著名的太空研究者和科普作家，他对人类太空事业投入了毕生的热情，并创作了许多著名的科普著作，如《暗淡蓝点》《伊甸园的飞龙》《魔鬼出没的世界》等。根据他对太空探索的理解和外星文明的想象，他创作了科幻小说《接触》，获得了巨大的成功，预付版税高达 100 万美元。或许并不是每个人都像卡尔·萨根那样才华横溢，但既然有这样的榜样存在，无疑是一个很好的借鉴。

说完了故事和创作，最后再来谈谈历史。《坠落火星》是对历史的一个隐喻。历史对于人类来说非常重要，它是政治合法性的来源之一，也是人类彼此团结的根基之一。由于其重要性，中国历史上会有专门的史官，负责记录和解释历史。"历史是由胜利者书写的"，其中就包含着对历史事实片面解读的因素。这种片面性恰好是合法性的来源。因此，虽然《坠落火星》讲述的是"一个关于爷爷奶奶的故事"，但其直言这不是爱情故事。火星上的人类社会建立在谎言之上，而这个谎言成了历史，成了人们记忆中的事实。奶奶可能是唯一知道真相的人，但她并没有揭开谎言，而是选择与谎言共存，塑造了共同的历史记忆。真相重要吗？当然重要，但更重要的或许是火星上的族群如何在艰难条件下生存下去。正义和生存，如果只能选择一个，究竟如何选择？对于后世的人来说，历史只有一个，口口相传传承或记载于史书。但真相呢？真相已经消失，人们既不知晓也不关心，过去会被遗忘，相关的人和事都会远去，成为故事，成为传说。

然而，总会有一天，后来人会偶然发现那尘封的真相，投以一瞥。即使不能颠覆既有的历史共识，至少也让我们认识到历史事实本身的复杂多面，我们所看到的只是我们选择的那一面。

《坠落火星》的故事是虚构的，但对历史的反思却是真实而深刻的。这也是这篇小说给予我的深刻教益。它不仅仅是一个故事，也是一篇寓言，关于过去、现在和未来。

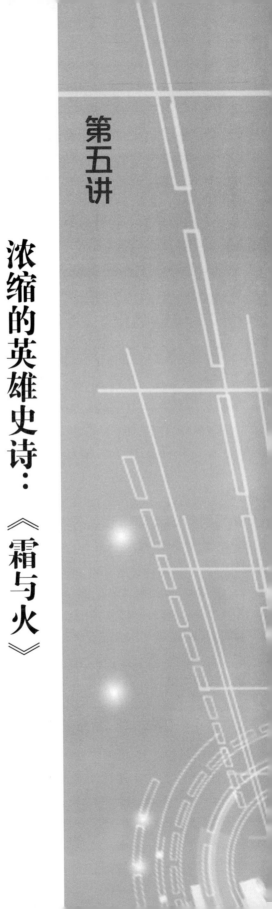

第五讲

浓缩的英雄史诗：《霜与火》

在科幻小说中，往往会有一种描述，看似不可能，却能在设定条件下被合理化，从而达到在一种奇特的环境中进行叙述的效果，堪比魔幻。科学和魔法的区别，关键在于神奇场景或能力的获得方式，是遵从科学的推演还是遵从魔法的神秘。阿瑟·克拉克有言，任何先进的科技，初看都与魔法无异。遵从科学推演的离奇场景，看上去也和魔法无异。

《霜与火》就是这样一个充满魔力的故事。我第一遍读到这个故事，就为之着迷。

故事大体上讲述了人类坠落到一颗奇怪的星球上，冰霜和烈火统治着这颗星球，昼夜温差极大，幸存的人们只能躲藏在山洞中。在这里，人类的生理活动被加速，同时获得了知识遗传和心灵感应的能力。他们在八天的短暂生命周期中急速成长，快速繁衍，最后无奈死去。一代代的人就这样活下来，成了动物一般的存在。摆脱困境的唯一希望是停留在远处山巅上保存完好的飞船。主人公和女主人公为了找到前往飞船的方式竭尽全力，即使在有限的生命中也不断向微乎其微的可能性发起挑战。

小说充满了不屈不挠的精神，颇有点像海明威喜欢的那种硬汉风格：你可以杀死我，但是你不能战胜我。主人公将自己的智力和体力发挥到极致，再加上运气的眷顾，最终成功抵达飞船，并启动它，解救了被困在星球上的人类。

这就是故事的大致梗概。简略的概述无法涵盖全面的内容，所以我建议读者亲自阅读这部小说。小说并不长，中译版约两万八千字，绝对值得花费一点时间。当然，如果能够阅读英文原版就更好了。

《霜与火》的作者雷·布雷德伯里（1920—2012）是美国著名的科幻作家，他的风格独树一帜，既具有传统文学的优美笔调，也拥有科幻作家的狂野想象。科幻小说一直被认为依赖狂野的想象力取胜，而在文学意义上乏善可陈，难登大雅之堂。但布雷德伯里是为数不多在想象力和文学修辞上都获得赞誉的作家之一。他的作品无疑展示了这一点：一位优秀的科幻作家既能保留狂野的想象力，又能在人物刻画和文辞上取得胜利。虽然我没有直接阅读《霜与火》英文原版，但即使是翻译成中文的文字，也透露着十足的优雅和力量。译者在其中也起到了重要作用，但原文的艺术性，应当是这种优雅和力量的根基。

小说高度浓缩了人类社会的发展史。由于星球上存在的辐射，人类的新陈代谢极快，使原本需要一百年才能过完的日子，在八天内就完成了。借助于这个设定，人的生理节奏和故事节奏相匹配，叙述一个人的一生只需要叙述几天内发生的事情，自然地达到了浓缩的效果。这个设定非常富有想象力，虽然并非真正的科学，但对于故事来说，却是一个坚实的立足点。它并不违背现实物理世界的规律，而是建立在对生命过程和物理过程的理解之上，因此显得足够真实。

在我的观念中，科幻小说最核心价值在于对未来可能性的描述，从而给人以警示或者期待。例如阿瑟·克拉克的《2001太空漫游》，对人类近未来的太空之旅有着切实的展望，无疑符合这一特点。然而，《霜与火》却并非如此。它所描述的生理现象绝对超出了科学的范畴，有些类似于超级英雄的设定，比如一个人基因突变之后可以变身，被射线照射可以获得超能力，喝下药水可以放大缩小。超级英雄类作品属于泛科幻的范畴，一些对硬科幻情有独钟的人则会对它嗤之以鼻，认为其本质并非科幻，而是科学时代的奇幻，或者说是以现代知识进行包装的奇幻故事。然而，《霜与火》却完全没有超级英雄的味道。它的设定虽然玄奇，却施加于全体人类之上，可以视为在一种极端情况下人类的整体变异，主人公在整个人群中只是一个普通人，并非通过超级能力而是凭着自己的知识、勇气和意志获得了最后的成功。这就带来了显著的格调差异，尽管所设想的生理变化非常玄奇，《霜与火》给我的阅读体验却很有硬科幻的质感，具有说服力。为什么会如此呢？仔细思考这个问题非常有趣，牵涉到如何界定科幻，尤其是科幻和奇幻之间的区别。

曾在一次分享会上，《科幻世界》的主编拉兹老师提出了一个判定标准：科幻是对"物"的神化，奇幻是对"人"的神化。对这个标准，我部分赞同，也有些不同意见。科幻并没有对"物"进行神化，"物"只是一种工具，且是能力有限的工具。从来没有一种"物"能够超越客观规律本身，所以也就和真正的神化有所不同。但是奇幻是对"人"的神化，这个观点却很有启发性。奇幻的故事中总会有超自然的事物存在，神秘而不可解释，近于神，或者直接就是神，让人匍匐其脚下。科幻则不然。科幻小说中的人物总是在不断地认识自然，解释自然，利用自然来达到某种邪恶或正义的目的。如果一篇小说的基调如此，再结合适当的科学知识，就能带给读者硬科幻的质感。

以这个标准对《霜与火》进行衡量，小说中人体生理的变异虽然并不完全符合我们对人体的认知，却并非不可解释的神秘事物，而是由特殊的自然环境所塑造。这种自然环境和我们所面对的自然并无本质的不同，只是更狂暴和极端，对人类的整体生存提出了更严苛的挑战。如此一来，故事的本质就变成了人类努力迎战自然的挑战，并取得了胜利。虽然这个自然是虚构的，但人面对极端环境的反应却是真实的。这让这篇小说并不局限于科幻读者，能在更广泛的读者群体中引起共鸣。

优秀的小说往往能唤起读者类似的共鸣，从而超越类型局限，成为普遍意义上的文学佳作。

科幻作品如果能够对真正可能发生的未来进行一定程度的探讨，将具有极高的社会价值。无论是对社会形态进行推演的《1984》，还是对太空探索进行推演的《2001 太空漫游》，都是杰出代表。然而科幻作品绝对不止于此。以《霜与火》为例，文中所虚构的世界在真正的宇宙中即便并非绝对不存在，但至少存在的可能性极低。如果认为它会对人类的未来有某种启示性的作用，无异于妄加猜测。它所构建的世界，并不是值得深思的人类未来，而是一个令人惊异的华丽舞台，是包裹在故事药丸之外的可口糖衣。它把读者带到一个新世界中，经历一场经典的英雄之旅。

因此，《霜与火》在这种角度上是一篇纯粹的幻想小说，不再具有探索未来的意义，也解除了任何对社会和文明进行指导的野心，把重点放到了人类自身和故事本身上。绝大多数的科幻文学大概都要被归入这样一种范畴。从长远来看，这大概也是科幻小说的最终命运。科幻能够对未来可能进行探索的时代，往往是科学新发现不断涌现、新技术不断发展，并对社会产生巨大影响的时代。但这种时代并不常见，更长的时间里，我们所面临的都是科技的停滞，该发现的都已经发现了，没有发现的只能依靠玄想去填满。在这种情况下，科幻小说的走向就会步入和其他幻想小说相同的道路，即在虚构的陌生世界里，讲一个人间故事。

然而，即便在这种情况下，科幻小说仍将保留其自身的特点。大量的科学知识和自洽的逻辑是基本配置，而虚构的严谨科学和浪漫又合情理的想象则是升级配置。正因为这些特点，科幻小说不仅可以是一个惊险故事，还能激发青少年对科学的好奇和向往。《霜与火》在这些特点上依然保持着极高的水准，这就是它读起来具有浓厚硬科幻气质的原因。

除了具备硬科幻气质的华丽设定，小说中的英雄之旅也非常扣人心弦。因为故事中对生命历程的浓缩，整个故事都带有浓郁的史诗感，命运的推动无处不在，生存与毁灭的拷问不仅来自内心，还来自时间的紧迫。优秀的科幻设定往往能成为情节进展的关键推手，而在这篇小说中正是如此。每个出生的人都背负着累积几百年的历史和知识，每一代人都在短暂的生命中做出生死攸关的选择。默默守望的科学家代代相传着遗传知识，却从未有切实可行的行动计划，并且他们的人数也少得可怜；众多的平庸者，在绝望中醉生梦死，浑浑噩噩消耗短暂的一生；战争目的明确，赢得战争，夺下好地盘的人可以多活三天，延长接近一半的生命长度；英雄的心志坚定如铁，爱情和信任使人生死相随，即使面临冰霜和烈火的考验也绝不放弃……作者对人生和苦难的理解非常深刻，才能将人们需要用一生去体验的事情浓缩在不到三万字的篇幅中，通过跌宕起伏的情节展现在读者眼前。

就我个人的喜好而言，我非常喜欢那种能够从人类文明的高度进行描述的宏观视角。《霜与火》所描述的事件非常微小，只是主人公不到八天的冒险经历，然而读者读来却仿佛经历了一段人类文明的变迁史。其中的奥妙，就在于借助于科幻设定将一切高度浓缩。文学作品往往对世界有某定程度的映射，映射的同时又产生扭曲。正所谓"源于生活，高于生活"。如果这种扭曲是对现实的高度浓缩，从而让读者在相对短少的文字中获得极高密度的体验，那就是成功的扭曲。因为它能够给读者带来非同寻常的体验，从而引发深思，让人性的光辉透过文字抵达读者内心深处。

　　我喜欢这个故事，在一个离奇诡异的外星世界里，一个普通人挺身而出，带领人们走出困境，奔向新生活。无论是从科幻的角度还是文学的角度来看，它都闪耀着迷人的光辉，让我为之倾倒。它是科幻文学化的代表之作，值得后来者借鉴，同时报以尊崇。

第六讲

感受时代的脉搏：《中国太阳》

如果将来有人回顾 21 世纪中国科幻史，刘慈欣无疑将成为无法绕过的名字。谈及刘慈欣的代表作，毫无疑问是《三体》。《三体》是不可多得能够在全世界范围内享有盛誉的中国科幻小说，它也让刘慈欣获得了世界性的声誉。

然而，如果要我选择刘慈欣的代表作，除了《三体》，我还想提及一篇短篇小说——《中国太阳》。《中国太阳》未像《三体》或刘慈欣的其他作品那样引发大量研究热潮，这在我看来是一件很可惜的事。《中国太阳》这个短篇，在刘慈欣的所有作品中独树一帜，想象宏伟奇特，角度特别，通过一个大时代下的小人物展示出民族命运的跌宕起伏。它既具备科幻元素，同时又融入现实主义，展现出真正的未来主义风采。刘慈欣的大多数作品，都属于天马行空式的幻想，但《中国太阳》是属"土"的，根植于乡土，超越乡土。它是一个独一无二的中国故事。

科幻是一种具有普世价值的类型文学，对未来的狂野想象能激发全人类的精神共鸣。外星人、机器人、时间旅行……科幻想象塑造着全人类共同的他者，思考人类与之的关系，构想或光明或阴暗的未来世界。然而，科幻毕竟也是一种文学，它要从自己所根植的文化中寻找一些特别的元素才能和现实相结合，才能构成从现实到未来的完整图景。也就是说，如果一篇科幻小说无法和当下的乡土相结合，它其实是缺乏根基的。它可能描述了一种未来景象，但根本无法解答我们如何抵达那儿这个基本问题。所以它像是一个飘忽不定的梦。梦当然有它的价值，但那些能够渗透在现实中，和历史和当下无缝衔接的故事，更有厚重的生命力，是一种真正的未来书。

《中国太阳》就是一本未来书。这篇小说把黄土地和大城市，与太空联系在一起，是对中国工业化进程的浓缩，是中国崛起命运的宣言书。尤其特殊的是，它选择了农民工的视角，远比一般的科幻小说更加深刻。《地火》中的煤炭工人，《乡村教师》中的乡村教师，《中国太阳》中的擦玻璃工人……刘慈欣的短篇小说中经常会出现中国底层劳动人民的身影，和动辄以科学家或博士为主人公的科幻小说在审美情趣上截然不同。刘慈欣是一个热爱人民的作家，他并不避讳人民生活的艰苦，却总能从艰苦中看到希望和力量。这在中国的科幻作者中极为独特。这可能也是他后来能创作出《三体》这样一部划时代作品的原因。对时代的敏感，以及对人民生活的关注，是成为一个伟大作者的必要条件。从《中国太阳》这篇短篇小说中就可以看出作者的这种特质。大多数科幻作者缺乏对底层的关注，原因可能在于缺乏真正的生活经验，而注重科幻较为"高大上"的一面，如过于关注科技发展和文明进步；或者沉浸在情绪价值之中，只关注和"我"相关的极少事物，从而也就看不到真正的时代脉搏并难以将其表达出来。个人的经历只有和时代的潮流相结合，才能诞生真正伟大的作品。

从新中国成立起始，中国经历了历史上最伟大的工业化进程，尤其是改革开放之后的中国，快速实现现代化和城市化，其飞跃式发展是世界现代史上的一个奇迹。这一过程使中国的人均收入水平从世界最低水平不断抬升，并在2021年超过世界平均水平。考虑到庞大的人口规模，中国过去几十年的建设让全世界五分之一人口的整体收入跨过了平均线，这更是一个惊人的成就。

中国文学应当展现这种成就。路遥的茅盾文学奖作品《平凡的世界》，讲述了农村青年从"文化大革命"到改革开放的一段历程，展现出波澜壮阔的历史画卷。可以说这部作品承担了中国文学一定的历史使命。在科幻小说领域，《中国太阳》虽然只是一个短篇，但在审美的情趣上和《平凡的世界》有异曲同工之妙。而且由于科幻小说的展望特质，这篇小说篇幅虽小，但却概括描述了中国从20世纪90年代开始到21世纪中叶的历史进程。其前半部分是对历史事实的总结，后半部分则是对未来的期望。

《中国太阳》的故事情节简单明了。主人公是一个来自农村的年轻人水娃，他先是在煤矿打工，但工友们纷纷遭遇不幸。于是，他离开煤矿，来到大城市。起初，他靠擦皮鞋谋生，后来找到了在高楼外悬空擦玻璃的工作。这份特殊的职业使他成功地在城市立足，并拥有了自己的城市生活。之后，一位同乡的搞研究的人邀请他参与中国太阳工程，去太空中擦玻璃。水娃接受了邀请，踏上了太空之旅，成为中国太阳的一名维护工。长时间在太空工作使他成长为一个拥有广阔视野的人。当中国太阳快接近使用寿命时，他提议将其改造为一艘星际飞船，向外太空飞行。这一建议得到了支持。最终，水娃与其他志愿者一起，在星际飞船上进入冬眠，飞向了外太空。

这个故事以线性叙事为结构，可称为《水娃一生的故事》（当然，或许他在外太空还会经历别样的精彩）。水娃只是一个缩影，代表着千千万万的农民工。在中国，这是一个庞大的群体，在改革开放的40多年里，他们对现代化进程功不可没。从农民到城市居民的身份转换，对于他们个人来说，可谓是一次极其重大的人生选择。中国农业人口在新中国成立初期占据总人口的近90%，到2021年第七次人口普查时，农村人口占比仅为36.11%。

这是一场浩大的工业化、城市化过程。从农民身份转化为城市居民身份，最常见的方式是以农民工身份进城，找到一份工作，安身立命，逐渐安顿。

个人的变化也反映了国家的变化。回忆起 1997 年，当时我在清华大学上学，在暑假结束后回校时，我拖着一大箱行李从学校南门赶往宿舍。清华校园很大，我需要走很长一段路程，行李很重，天气也很炎热，所以走得颇为狼狈。这时，一位师兄骑着自行车过来，看到我如此辛苦，询问了我住在几号楼。他正好和我顺路，就帮我把行李搬到车架上，又让我坐在后座上，载我一程。这个小小的善举在我的人生中只是一个小插曲，但我却记忆深刻。因为我和这位师兄一路闲聊，得知他正准备考托福和 GRE，为了出国。当我问他为什么要出国时，他说中国与美国相比，就像将农村与城市相比一样。我对这句话印象深刻，大概会记住一辈子。那时候是 20 世纪末，尚且如此，在更早的七八十年代，落差只会更大。

中国现代化的起始与农民工进城务工的感觉颇为相似，他们开始从事的都是劳动密集型、技术含量不高的工作。然而，他们坚持不懈，逐步向高端发展，最终在各个产业中站稳脚跟，甚至取得了巨大的成就。甚至在这个过程中，他们也发现了新的商机，开辟了新天地。当然，国家和个人是有区别的，中国在 20 世纪五六十年代就拥有了自己的高精尖技术，例如两弹一星。只是从整体趋势来看，这一过程是彼此相似的。

在现代中国，农民工及其后代已经成为新一代城市居民。尽管还有相当比例的人口居住在农村，他们也更多地和城市建立了联系，再也不同于从前城市和农村截然两分的情况。这种历史进程与中国成为制造业大国，并向制造业强国迈进的过程相辅相成。在水娃的一生中，相对应的过程就是他成为城里人，在城里安身立命，找到一份有稳定收入的工作。水娃的职业是高空擦玻璃，这项工作有一定的危险性，符合水娃一无所有却要从农村前往城市谋生的情况。众所周知，广大农民工进入城市后往往从事最苦、最累和最危险的工作。高空擦玻璃符合这种工种的特点，同时又与太空工作具有共同特点，为水娃的进一步发展做好了铺垫。刘慈欣独到地找到了这一非常巧妙的点，我们都知道农民工的辛苦，了解中国工业化过程中农民工做出的巨大贡献，然而如何将这种辛苦与航天、未来联系在一起，就需要一个巧妙的锁扣。高空擦玻璃这种特殊职业，就成了一种连接器，成了最好的伏笔。

随后发生的事情顺理成章。由于高空擦玻璃的技术，水娃成为一名太空人，前往太空中为中国太阳擦玻璃。个人的命运因国家和民族的崛起而改变。在太空中，他不仅完成任务，还提高了个人的学识，最终抵达了人类探索的前沿，成为人类勇敢的先驱者。

个体超越了自身能想象的极限，中国的国家命运也是如此。我们的未来会是什么样的？中国将会拥有怎样的未来？任何一个关心民族和国家前途的人都会有自己的思考和回答。《中国太阳》可以被看作是刘慈欣交出的一份答卷。完成工业化，走向世界工业文明的前列，走向太空，迈向人类探索的边疆，这是我们对下一代中国人的期望。这种期望当然可以用统计数字来表达，用行动纲领和政策文件来推动，但若要真正触动人心，激发共鸣，却无法超越一个感人至深的故事所蕴含的力量。

《中国太阳》这个故事，切实地把握了中国的时代脉搏。

对于40年前的中国来说，黄土地无疑是最具象征性的意象。

而近年来中国高速发展，高楼林立的城市成了这个时代的鲜明注脚。然后，我们要进军太空，走向未来。这样恢宏的背景只是想到就令人振奋和激动。这是一个急剧变化的时代，各种各样的人和事，光华灿烂，可以用"乱花渐欲迷人眼"来形容。然而，在中国这片土地上，"崛起"这个词才是时代的最强音。从黄土地到高楼大厦，再到太空城，这样的意象毫无疑问地指向崛起。

两百年后的人们可能不会记得那些小时代，那些纸醉金迷、奇技淫巧的生活片段是浮华的，也是浅薄的。未来只会记住大时代，那些能够承载我们的时代和最能体现时代精神的东西。中国从农业国变成工业国，再从工业国走向科技强国，这才是时代的主旋律。历史的脉搏就在那里，其实我们就站在上面，感受它，随之跳动。

谁最能代表中国的形象这个问题并没有唯一的答案。站在中国历史当下，我们的祖辈父辈可能还是农民，面朝黄土背朝天，黄土地是他们唯一的依靠。我们也见证了现代都市的飞速发展，社会日新月异，这是值得我们骄傲的成就。然而，这些高楼大厦不正是走出黄土地的人所建造的吗？农民工绝对应该在大屏幕上呈现出正面、积极的形象。这个群体经历了从黄土地走出、融入大都市的变化，其中的艰辛和奋斗正是我们需要展现的。民族的才是世界的，要输出文化价值，我们首先要找到自己的价值精髓。从黄土地到大都市，这样的转变正是我们的精髓所在。而我们还要走向太空，这是时代发展的势能，象征着民族精神的巨大升华，因为我们从过去走向未来，具备了面向世界的视野。

浓烈的家国情怀从《中国太阳》的故事本身强烈地渗透出来。每个中国人，只要稍微了解传统和历史，只要对现代的剧烈变迁心怀感触，只要对中国的未来充满信心，就会被这个故事及其背后的时代变迁所感动。这是一种只属于中国人，只发生在中国土地上的故事。因为其他国家不曾背负中央大国的荣耀，不曾经历过我们的苦难，不曾依靠一代人的辛勤努力从农业国转变为工业国。任何一个国家都没有经历过我们所经历的这样的形势。

无论中国将来能抵达怎样的高度，是否能站上世界科技的最高峰，中国的黄土地情结和家国情怀，都是我们需要继承发扬的一种传统。

我热切地期待着《中国太阳》这部作品在大银幕会有怎样的表现。然而，由于故事的时间跨度很大，将其完整而精准地搬上大银幕无疑是一项巨大的挑战。但无论电影最终如何呈现，我衷心希望在影片落幕之际，能够出现这样一个镜头：

主人公在踏上太空之旅前，将孩子送回了乡下。当他完成了太空任务，回到地球时，同事们特意为他调动卫星，寻找他的家乡。镜头缓缓推近，他看到了曾经那条熟悉的黄色泥泞小路已经变成了宽阔的黑色柏油路，一辆汽车正稳稳地行驶在路上。绿色的庄稼覆盖了黄土地。修葺一新的小院里，孙子正在和爷爷嬉闹。金色的阳光洒落下来，一切都显得那么祥和。东方的天际，一轮火红的太阳正在升起。深邃的太空中，阳光照亮了他的眼睛，曾经的农民之子热泪盈眶。

第七讲

科普型科幻的历史和回归

我小时候喜欢读科幻小说，然而那个时候的科幻小说和现在很不一样。那时的科幻小说，儿童文学的色彩浓厚，而且带有强烈的科普目的，每一篇小说都围绕一定的科普知识进行。

我的小时候，是 20 世纪 80 年代，那时流行的科幻小说，主要创作于五六十年代，也有一部分是 70 年代后期 80 年代初所创作。这些科幻小说，不可避免打上了时代的烙印。

中国的 20 世纪五六十年代是一个快速变化的时期，抗美援朝战争结束，苏联对中国开展援助，全中国都在热火朝天进行社会主义建设。在一穷二白的基础上，中国人民咬紧牙关进行工业化建设。在这种大环境中，科学工作者自然也和全国人民一样，希望通过不断努力把新中国的科学研究事业推向新的高度。他们当中的一些有识之士，就希望通过科幻小说这种通俗易懂的形式，向全国人民，尤其是青少年读者普及科学知识。这样的历史背景非常独特，也让当时的中国科幻具有与众不同的特点。

那时的科幻作者都拥有科研背景，郑文光是天文学家，童恩正是考古学家，刘兴诗是地质学家，即便并非从事科研工作的叶永烈，也具有化学专业本科学历。那时候的大学生是真正的天之骄子，少之又少，从人口比例来说，比今天的硕士和博士还要少。因此，可以认为那个时候的科幻作者群是一群理工科的高级知识分子。他们为什么写科幻？我并没有向这些人中的任何一位直接询问过，然而通过一些访谈和侧面的了解，我认为他们写科幻的最初动力来自科普，即把科幻故事当做科普教育的一部分。

当然，并不是所有科幻作者都是如此，例如童恩正先生的科幻小说，从一开始就带着文艺气质，但从整体氛围来看，科普时代无疑是存在的。

《从地球到火星》被公认为新中国第一部科幻小说。作者郑文光在访谈中提到，他之所以写下这篇科幻小说是因为他观察到少年儿童对学习科学知识缺乏兴趣，因此希望通过更生动的形式来传播知识。出乎意料的是，这篇小说引起了广泛反响，发表后在北京地区引发了中小学生观看火星的热潮，可以说成功地进行了一次天文科普。此后，郑文光先生开启了他的科幻创作之路。

叶永烈先生则是在大学期间为《十万个为什么》写稿子，据说他几乎一个人负责了该系列化学分册的大部分内容。在踏上科幻创作的道路之前，他是一位科普作家，之后也一直是科普科幻双栖作家。他所创作的科幻小说很明显地具有科普的目的。他最著名的作品是《小灵通漫游未来》，几乎成为20世纪80年代小学生共同的回忆，描述了未来技术发展后对美好生活的展望。故事情节简单，内容直白，对未来世界有着美好的想象。

在那个时期的作家中，还有童恩正先生创作的《古峡迷雾》等具有神秘玄奇色彩的小说。童恩正基于自己的考古学专业知识，自觉地将创作偏向更具艺术性的文学方向，可以说他的创作更接近欧美现代科幻的发展路线，而非中国科幻作品的特有风格。可以认为，他属于那一时期中国科幻创作群体中的一个"异类"。从整体风貌上来看，那个时代的作者和作品，是强科普背景下的科幻创作。这种风格有它的优势，自然也有不足。

科普型科幻小说具有很高的知识含量，下面举几个例子来说明。

迟叔昌的《割掉鼻子的大象》（1956年）讲述了通过基因育

种将猪养得巨大肥壮的故事，为了运输这些巨大无比的猪，科学家们使用类似黄蜂麻醉蜾蠃的仿生学技术使它们进入昏睡状态。

郑文光的《火星建设者》（1957 年）通过构想在火星上进行工程建设，描绘了人类开发火星的远大理想。对于火星的地貌、火星上可能存在的各种资源和开发火星可能遇到的各种困难，小说都进行了充分的展示和想象。

肖建亨的《布克的奇遇》（1960 年）讲述了马戏团的狼狗被汽车压死后，科学家为它换上新的身体，让它能够重新登台表演的故事。这个故事涉及仿生学、人造器官乃至人造身体等技术，与后来的科幻电影《机械战警》有相似的科幻构思。但这篇少儿科幻小说的主要目的是普及人造器官的理念。

叶永烈的《小灵通漫游未来》（1961 年）以一个小记者的视角描述了未来各种先进技术，科技成果的应用改变了人们的衣食住行。

如果收集 20 世纪五六十年代创作的科幻小说，可以发现大多数属于以上这种类型，作者迫切将某种知识传递给大众，而且因为需要接受科普教育的更多是少年儿童，所以整体呈现出以少年儿童为对象的叙述方式。这类作品最重要的特点是必然包含对科学知识的叙述，而小说情节往往较为简单直接，人物角色只起到线索作用，可以说具备了工具属性。

这种倾向在“文化大革命”结束后的文化重生阶段也得到了继承和延续。但是“文化大革命”之后的作品也发生了另外一些明显的变化，那就是科幻小说在面向少年儿童读者的基础上开始试图吸引更广泛的读者群体，这就对小说的故事和文学水准提出了更高要求。

这种变化有两个原因。第一个原因是科幻小说的创作者在文艺上的自觉。随着自身的成长，科幻作家在创作过程中自然对于科幻小说的复杂性和艺术价值提出了更高的要求。第二个原因则是时代的变化。20世纪五六十年代的狂热消退、"文化大革命"的影响等都对小说创作的主题产生了冲击。但即便如此，科普型科幻的风格在这一段时期仍旧有广泛的影响，作家的创作中仍旧带有这种时代烙印。

试着举几个例子。

郑文光的《飞向人马座》（1978年）讲述了几个少年的成长故事，按照现在的分类可以被视为一篇青少年小说。这篇小说对于郑文光的创作生涯来说是一个转折，即从科普型向文艺型转型。但同样这篇小说也保留了强烈的科普风格，比如对于太空航行中的各种知识，甚至不惜以百科全书词条的方式来展示。

叶永烈的《飞向冥王星的人》（1978年）讲述了一个西藏农奴在中华人民共和国成立前被埋在大雪中，然后在科学技术的帮助下死而复生，自愿冷冻飞向冥王星。这个故事已经有了传奇的性质，是一篇优秀的科幻小说。在小说中，作者仍旧用了大量的篇幅在介绍关于如何起死回生背后的科学原理，是科普和文艺较好的结合。

王晓达的《波》（1979年）讲述了一个军事斗争反间谍故事。故事的主人公是位军队记者，小说以他的视角描述了一种神奇的波造影技术。主人公和潜入的特工斗智斗勇，最终用技术的优势挫败了敌人的阴谋。这篇小说中所描写的"波"很难进行切实而详尽的技术描述，因而侧重描述了这种神奇技术的效果，以此作为小说的出发点和推动情节的大杀器。科普元素在故事中变得淡化，幻想和故事情节占据了主导地位。

刘兴诗的《陨落的生命微尘》（1978年）讲述了三代地质人

寻找外星生命的故事。这篇小说对于外星生命的想象和描述较为粗糙，更近似于一篇励志传奇。

我手中有一本 1980 年中国青年出版社出版的《科学幻想小说选》，收录的主要是 20 世纪 70 年代末的科幻小说。这本小说集的编后记说明了科幻小说创作思路上的一些路径。首先，编后记说明了科幻小说和一般科普作品不同，不负担普及科学知识的义务，但大抵要合乎科学，在科学上要有所依据。但也同时认为，通过阅读科幻小说，读者会增加一些天文、星际旅行、生物、智能机器人、考古等方面的知识。

然后，编后记对科幻进行了阐释，认为科幻是"依据当代科学所达到的认识高度，对未来的科学发展前景展开大胆而合理的幻想，跟那些虚无缥缈的空想毫不相同，跟那些毫无科学根据的瞎想也风马牛不相及。当然，有一些幻想，现在看来是不太容易实现的。但是，只要它依据现有的科学知识有理有据地写将出来，进行科学的推理，给人以启发，也是可以的"。这里的阐释在坚持科学真实性的基础上做出了许多让步。因为在书中收录了一些明显无法和现代科学相容的事物，如《波》《β 这个谜》《飞向冥王星的人》虽然都基于某些科学现象进行创作，但它们的幻想成分其实跨越了科学的边界。例如《飞向冥王星的人》，从冬眠现象推出人体的冷冻，甚至设想了一个被冰雪速冻而能复活的人，这就远远超越了科学所能允许的范畴，进入了纯粹的幻想领域。为了解释这种设想，编者以未来的科学大大超越我们的想象为理由来使其合理化。这其实说明了对于"科幻的属性究竟姓'科'还是姓'文'"，还存在一些争议，以至于要用这样牵强的说法来迁就科幻小说的科学性。然而，放在今天的理解中，科幻不承担科普的义务，同样也并不对科学的真实性负责，关于小说中提到的事物，只要作者能够描述到让读者信服，也就足够了。

编后记也特意提到了科幻小说的文艺性，认为科幻小说"既然是小说，就应该有人物，有情节，应该按照一般文艺小说的要求来要求它"。《追踪恐龙的人》就具有这样的特点。这在该书中其实是个较为矛盾的陈述，"有人物，有情节"应该是对小说的一般要求，因此科幻小说也不例外。然而编辑也清晰地认识到，这个选集中的一些篇目并不是很契合这样的要求。

这本1980年的合集，恰好体现了当时对科幻小说的认识发生了一些变化。整体来看，作者已经开始朝着更为文艺化的方向发展，但科学性作为主导的科普思想仍然占有重要地位。中国科幻小说在这个时期可以被视为一个转型时期。它从具有中国特色的科普型科幻转变为更为文艺化的惊奇冒险类型，也可以看做是与世界主流科幻发展的殊途同归。然而，这种势头被人为地中断了，关于科幻应该姓"科"还是姓"文"的争议导致了中国科幻发展的急速冷却。在一段时间内，中国只有《科幻世界》一家杂志能够发表科幻小说，许多正值创作黄金期的作家就此停笔。不得不说，这是中国科幻发展的一次重大挫折。

此后，中国科幻的成长以《科幻世界》杂志为主要阵地，以吸纳了西方经典科幻和老一辈科普型科幻的新一代科幻迷作为主要作者，走上了蛰伏崛起和发扬光大的道路。从另一个角度说，这也使中国科幻的再出发与西方科幻的发展殊途同归，那就是科幻迷成为科幻作家，并支撑起科幻的天空。

在这个过程中，科普型科幻逐渐淡出了舞台。科幻小说更注重文艺性和故事性。即使是硬科幻，也更以奇思妙想为主导，对于科学知识的科普退到一个不十分重要的位置。科普元素只作为小说的背景设定存在。这或许是科幻文艺的一种常态，毕竟读者更关注的是故事是否引人入胜，设定是否奇妙。我们常常有一个误解，即科幻小说的设定通常需要讲究科学性。确实，讲究科学是好的，但更重要的是奇思妙想，同时这些设想不与现实科学发现相冲突。如果一个奇思妙想真的具有未来实现的可能，那就太棒了。但如果并不具备真正的实现可能，那也可以接受。

然而，在我看来，科普型科幻的消失是一件令人遗憾的事，因为科普型科幻有一个巨大的优点，那就是它简单明了。对于习惯了复杂故事的读者来说，这类作品可能淡得像白开水，但对于阅读经验尚在起步阶段的少年儿童来说，它们恰恰是一种友好的文本。然而，在当前的少儿科幻作品中，这种类型的文本很少见，少年科幻更偏向于讲述一个曲折有趣的故事。对于少年儿童来说，一个融合知识趣味性的故事同样非常吸引人，前提是这个故事不会过于枯燥，不是照本宣科的刻板普及。像《小灵通漫游未来》这样的报道式叙述，就已经展现了足够优秀的叙事技巧。

我记得有一部动画片叫做《神奇校车》，其中体现了一些科普型科幻的元素，尤其以动画形式展现，深受孩子们的喜爱。

科普型科幻还有一个巨大的优点，就是它是玫瑰色的。它具有一种清晰乐观的态度，即科学和技术能够在很大程度上使我们的未来变得更美好。未来究竟会是怎样的，我并不清楚，但我知道对未来持有信念对于下一代非常重要。基于我个人的经验，童年阅读的那些科普型科幻作品无疑在我心中埋下了一颗科幻的种子，但更重要的是，它们让我对未来拥有了一种发自内心的憧憬。当我长大后，我明白有些幻想终究不过是幻想，但这种对未来的希望和憧憬会始终保留着，一旦有适当的机会就会生根发芽。

我相信，这对于我们的孩子和我们孩子的孩子来说，仍然重要。因此，现在正是呼吁科普型科幻回归的时候。这种类型的科幻小说可以结合科普工作，向孩子们展示先进的科技，给孩子插上想象的翅膀。最重要的是，让孩子们埋下一颗对未来的憧憬之心。

只有憧憬未来的下一代，才能创造更美好的生活。让孩子们憧憬未来，可以从科普型科幻开始。

第八讲

相对论时空中，人性的巨大
试验场：《千年战争》

在描述未来太空战争的所有作品中,《千年战争》独具魅力。这种魅力,源自它对科技和社会的深刻理解。这是一部逼真的硬科幻作品。

关于《千年战争》这部作品,这里将大体分三部分内容来讲述,分别是小说内容及作者介绍、作品亮点和整体总结。

首先,我们来谈一谈《千年战争》的大致内容及作者介绍。这本书的英文版于 1975 年出版,在同年荣获星云奖和雨果奖,至今已经有近 50 年的历史。然而,即使是现今阅读,它依然充满了科幻小说的特殊魅力:紧密结合科学概念,大胆推演未来可能性。

这本书的作者是乔·霍尔德曼,被誉为战争科幻的代言人。他具备理工科专业背景,并拥有文学硕士学位,可谓是文理兼修的科幻作家。自 1983 年起,他被聘为麻省理工学院(MIT)科幻写作课程的客座教授。霍尔德曼曾参加越南战争,这段经历让他对战争拥有第一手体验。之后,他创作了大量与战争相关的科幻小说,被誉为"抒写战争科幻最出色的科幻小说家之一"。

《千年战争》曾获得科幻小说黄金时代三巨头之一罗伯特·海因莱因的高度赞扬。海因莱因称赞道:"这也许是我读过的最好的未来战争小说。"这样的评价相当高。如果要我对《千年战争》做出评价,那么请允许我模仿海因莱因的这句话——这是我所读过的最具探索性的太空战争小说。它可以被称作太空战争的经典之作。

《千年战争》全书共有 20 余万字,分为四个部分和一个尾声,这四个部分恰好为主人公战争生涯的四个阶段:列兵、中士、中尉、少校,递进关系清晰明确。

简单概括故事主线,《千年战争》讲述了主人公曼德拉参加星际军队,与外星人作战,之后逐渐累积军功,从列兵开始不断晋升、最终晋升为少校的故事。由于相对论效应,飞船上的时间流逝比地球上的时间快得多,每次回到地球时,社会都发生了巨大的变化,使他产生强烈的不适应感。因此,他选择继续军职生涯。十年后的一次战斗结束后,当他回到地球时,他发现地球上的文明已经过去了千年,变得无比陌生。于是,他和爱人一起选择了一个类似于 20 世纪末的地球的世外桃源生活下去。

《千年战争》中的核心主题是战争持续了一千多年,从 1997 年持续到 3143 年。然而,对于主人公来说,时间仅过去了十年左右。这种时间上的不对称性是由相对论所决定的,它是这本书最基本的设定。

在爱因斯坦的相对论中,一个颠覆性的结论就是时间和空间都是相对的,而非绝对的。空间的尺度和时间的流逝都和系统的运动速度有关。运动速度越快,时间流逝越慢,同时运动方向上的空间也会缩小。这被称为"尺缩钟慢"效应。我们可以想象一个极限情况,系统运动速度达到了光速,那么这个系统就会缩成薄薄的一张纸,而时间也不再流逝,整体呈现一幅凝固的画面。

相对论会引起其他很多有趣的现象,对于这篇小说的主旨来说并不相关,因此我们不详细展开,感兴趣的读者可以自行搜索"双生子佯谬"这个思想实验。在本文中,我们只需接受一个基本的假设:飞船的时间流逝速度比地球上要慢得多,因为飞船通常会经历高达几十个重力加速度的加速与减速过程,这也意味着飞船上的人要承受相当于自身几十倍体重的重力影响。

这是一个符合科学认知同时非常有挑战性的设定。人类作为一种生活在地球表面的动物,对于太空的广阔缺少直观认识,至于相对论效应则是更远远超出人们的生活经验。因此，不难理解会出现许多不考虑真实物理的太空战争小说，这些小说故事背景虽然是太空与外星，但其内容却和发生在地球上两个国家之间的战争没有什么两样。这一类科幻小说虽然也富有想象力，却缺乏科学理性的支撑，往往与科幻小说推演未来可能性这种最核心最强大的价值相背离。《千年战争》在这一问题的处理上表现得非常出色。相对论效应引起的尺缩钟慢效应，以及由此而产生的物是人非，是这本小说最核心的推动力。

当然，如果完全按照物理现实来描写，小说将难以进行下去。光速是我们宇宙的极限速度，而在动辄相距上百光年的太空中以 1% 光速，甚至十分之一光速进行一场战争，会让人觉得非常滑稽。想象一下，就像一个澳大利亚原住民部落和一个非洲部落进行战争，却只能依靠双脚进行移动一样，这样的战争根本无法进行。

为了解决这个矛盾，作者设定了"坍缩星"这个可以进行时空穿梭的特殊存在。飞船以特定方式进入坍缩星，然后就可以出现在银河中的另一颗坍缩星上。可以说，众多的坍缩星在银河中构成了一个超光速交通网络。这是纯粹幻想的设定，然而因为它并不与现实世界相背离，所以在现有的逻辑框架内还是可以被接受的。

科幻小说常常会包含一些不符合现有科学理论的内容，可以是某种公理假设，也可以是特殊工具。这些内容是否能够带来足够的真实感，需要考虑两个方面：逻辑自洽性和与现实的衔接性。

以《千年战争》中的设定为例，尺缩钟慢是符合现有科学事实的，而坍缩星则是纯粹的想象。然而，坍缩星可以被架设在多维空间的假想理论上，这个理论与现有科学并没有逻辑上的矛盾。因此，我们可以说坍缩星这个设定仍旧不失为一种符合科学理性的假设。

这个设定为太空战争提供了现实的可能性。如果未来人类真的与外星人发生星际战争，必会需要一种能够穿越时空的技术手段，如星门、虫洞、折叠空间等。而在《千年战争》中，这个设定就是坍缩星。

我之所以用较大篇幅讲述《千年战争》中的技术内容，是因为这些内容是这本书最吸引人的亮点，同时也是故事发展的逻辑前提。

基于这样的技术设定，主人公获得了一种"超越时空"的能力，可以以千年的尺度观察人类社会的变迁。在小说中，主人公阶段性地重返人类社会，以一个 20 世纪末的正常人的视角，去审视 100 年后、500 年后乃至 1000 年后的世界，从而展现了作者对社会变迁的深入思考。这种思考巧妙地融入情节之中，也正是小说的另一个亮点。

小说中至少揭示了两个社会问题。首先是战争对社会带来的深远影响。战争无疑推动了技术的进步，这一点在主人公所在部队不断升级的装备和日益完善的生命保障系统中得到了体现。然而，当主人公第一次返回地球时，他所目睹的是一个混乱不堪的社会景象：政府垄断了所有工作，失业率超过一半；社会治安恶化，抢劫频发，人们生活在恐惧之中，甚至乘坐电梯都需要携带枪支，没有枪支的人则必须聘请保镖。这种社会生活的倒退令主人公感到困惑和无助，同时也警示我们如果一个社会将所有资源都集中在战争上，尤其是那些旷日持久、永无休止的战争，可能会带来灾难性的后果。

然而，技术的发展终究让一部分人得以逃离这种噩梦般的动荡。小说中描述了一个名为"天堂星"的地方，主人公在那里的经历可谓让人梦寐以求：钱多到花不完，探险、旅游和美食让生活无比充实。作者在描绘地球上糟糕的生活后，转向太空，展示了一种截然不同的生活方式，其中的意味各人都会有各自的体会。在我看来，这表达了一种谨慎的乐观主义：尽管战争让世界变得糟糕不堪，但衰败中总会有繁盛，绝望中仍旧孕育希望。

这种谨慎的乐观主义在小说结尾处表露无遗——世界天翻地覆，战争结束，人类进化为克隆人体系。然而，在一个小小的星球上，家园仍在，所爱之人仍在等待。虽然无力抗拒这个世界，但至少可以守护自己的精神家园。

这是作者关于战争对社会影响的深刻思考，也是小说所揭示的第一个社会问题。

作者思考的第二个社会问题则是社会的演进方向。在这个问题上，作者将重点放在了人类对待性的态度上。

请不要误以为讨论性的小说就含有色情成分。《千年战争》以坦然的态度探讨性，但绝不色情，点到即止。"性"的问题，是人性的根本问题。"食色，性也。"性是人类的本能欲望，并在很大程度上塑造了人类社会的面貌。因此，伟大的文学作品往往会涉及性，因为性是人类的本质属性之一。

在《千年战争》中，人们对性的主流观念经历了一个演变过程：从异性恋到同性恋，再到无性克隆。这未必代表人类未来的真实发展方向，但它传达了一个重要的信息，即人的本质属性在不断变化。在今天看来可能显得荒诞不经的事物，对于未来的人们来说或许已成为习以为常的事情。

小说的主人公，一位坚定的异性恋者，在完成首个服役合同后重返地球，却发现地球已陷入纷乱。如前所述，战争给社会带来了深重的创伤，但此处我们将讲述重点聚焦于人的本性的变化。主人公目睹了人们对婚姻兴趣的丧失，这源于人口过剩的压力，同性恋被大力提倡，甚至成为主流，而异性恋则沦为非主流。这种社会观念的逆转，大概是基于作者观察到的美国社会现象。作者并未对此进行明确的肯定或否定，而是借由主人公的视角，展现了那个世界的状态。

主人公对这种转变并不接受，加之地球的混乱状况，他选择重返军队。然而，即便在军队中，他也发现同性恋已成为主流。在年轻人的眼中，他成了一个久经沙场的战争机器、一个抱残守缺的异性恋老古董。但他坚持自己的选择，拒绝被同化。最终，当他率领自己的部队返回基地时，世界再次发生了翻天覆地的变化。所有人都是同一个人的克隆体后代，他们共享思想，性别自由，成为一种令人无法理解的存在。

在这一连串的社会转变中，主人公始终坚持自己的异性恋取向，不愿妥协。这使得他成为事实上的"他者"，冷眼旁观着未来世界的演变。他的坚持最终带来了温馨的结果，他与所爱的女人得以隐居到一个如世外桃源般的星球，过上类似于 20 世纪末地球的生活。

小说中对性的讨论充满了温情，而绝不仅是欲望的满足。人类除了基本生活需求的最基本需求其实是亲密关系。尽管在小说的大部分章节中，亲密关系以性的形式展现出来，但在结尾处，它终于展露出本质：欲望的满足并不会让一个人以上百年的时间为代价去等待，但是亲密关系却值得期待。从这个意义上说，贯穿全书却又点到即止的性，成了一个巨大的伏笔。作者在其中植入了对人性的深刻理解。

社会的变迁、人性的异化，这两个主题已经让这篇小说足够宏大。但仅仅宏大是不够的，科幻小说很容易有一个宏大框架，但是如何将其具体展现出来，才是最考验一个作者文学功底的地方。小说的第三个亮点，是对细节的高度重视达到了一种逼真还原的程度。

科幻小说中的细节要求作者具有丰富的知识储备，在描述物理现象、工作原理、奇观景象时能说得头头是道，引人入胜。这不是一个简单的要求，一般的作者很难对想象中的事物达到具象的程度，更何况，这种具象只有对物理特性非常理解才能想象得出来。《千年战争》就做到了这一点。

例如，小说在描述作战服时，充分考虑了作战服的散热需要，在作战服肩部假想出一个高热部位，这种高热部位在低温环境中成了致命缺陷，一旦和气凝冰块接触，剧烈蒸发产生的爆炸会置人于死地。作战训练中，死于这种爆炸的人甚至比战斗减员还要多。

再例如，因为鞋底并不完全隔热，所以当人踏上冰块时，就会在冰块和鞋底之间产生一个液氢层，导致摩擦力很小，人根本无法行走。于是在冰块上，人只能滑行前进。

诸如此类的例子，或者在对话中，或者在细节描写中展示出来，富有说服力，营造出一个逼真的外星世界，极大增强了小说的真实感。

这是这篇小说的第三个亮点。

最后总结一下对《千年战争》这篇小说的看法。这篇小说具有宏大的社会视野和过硬的科学设定，在逼真的细节描写中，展示出残酷而真实的星际战争。同时，它对战争进行了深刻反思，对战争给社会和人类可能带来的变化进行了推演，从而让小说具有了思辨的高度。

第九讲

太空浪漫主义：阿西莫夫的

银河帝国

对于艾萨克·阿西莫夫，我始终怀有深深的崇敬之情。在大学时代，我在学校的论坛上读到了《基地》和《我，机器人》，这两部作品瞬间让我为之折服。我在刚开始涉足科幻创作的时候，一直以阿西莫夫为偶像。甚至在将新浪博客的头像换成"银河之心"的字样之前，我使用的头像是一幅阿西莫夫的肖像画。在这幅画中，阿西莫夫端坐在王座之上，45度角仰望星空，左手边的扶手是《机器人》系列，而右手边的扶手则是《基地》系列，这代表了他所构建的科幻大厦的两块基石。

最近由读客出版的《银河帝国》系列包括13部长篇小说和两本短篇小说集。其中，《基地》系列共有7部作品（包括短篇小说集《基地》），《基地与帝国》和《第二基地》则各自包含两个故事，每个故事的篇幅为8万字到12万字，可以被视为小长篇，也有人将其归类为中篇合集。此外，还有《银河帝国》三部曲和《机器人》系列五本（包括短篇小说集《我，机器人》）。这三个系列各自具有独立性，同时在银河帝国这一宏大的背景下相互关联，共同描绘出一幅波澜壮阔的银河帝国历史画卷，蕴含着典型的太空乐观主义精神，我将其称为太空浪漫主义。

太空浪漫主义是对太空世界的无尽幻想，它秉承虚构文学浪漫主义的传统，却将舞台扩展到庞大的太空世界之中。阿西莫夫的银河帝国，正是在整个银河世界、十万光年的广阔尺度上展开的幻想故事。太空浪漫主义并不讲究真正的科学是什么，可以说它对真正的科学进行了天马行空般的发挥。它在兼容现有科学发现的基础上，想象无上限。在这个世界中，人类可以在太空中自由穿梭，从银河的一端到另一端，到处都有人类活动的足迹。巨型飞船、太空城、殖民星球……人类实现了太空旅行的自由，几乎没有任何适应问题。这是太空浪漫主义所描绘的一般图景。

然而，如果我们用真正的科学技术去推演这些幻想图景，会发现其中许多并不真实。超越光速的飞行很可能只是一种美好的愿望；而人类在地球上演化，适应了地球重力环境，对太空无重力环境的适应其实相当有限，更不用说适应一个陌生星球了。要想找到一个天然适合人类的星球，恐怕比中一次六合彩还要困难。空气的气体成分、氧气含量、是否有微生物等因素可以把一个人关于外星世界的美好想象统统打破。比如，只要存在外星微生物，对于人类来说大概率就是致命的细菌和病毒。对这一点，H.G. 威尔斯的《世界大战》中外星人因为地球微生物而不战而败，倒是一种很切实的推演。因此，假设存在跨越星系的交流，必然需要进行严格的隔离检疫，否则在彼此能够相互融合之前就会给对方带去大量的死亡。如此种种，我们可以看到太空浪漫主义中的科幻想象是跳脱、并不严谨的，但我们仍然将其视为纯正的科幻小说，而非奇幻小说。

太空浪漫主义的科幻与奇幻、玄幻之间，存在着一道由现代科学发现所划定的鸿沟。尽管都以太空为舞台，但小说若与现代科学良好兼容，则属于太空浪漫主义的科幻范畴；若无视现代科学，则就成了奇幻。例如，在黄易的《星际浪子》中，宇宙的源头被归结为金木水火四大元祖，甚至存在"水之祖""木之祖"这样的星球级生命。黄易自觉地将此类作品归为玄幻，以避免与科幻混淆，尽管他的作品中使用了大量的科学概念和名词。严谨的科学事实和夸张荒诞的想象，这两者之间，是太空浪漫主义生存的地带。阿西莫夫的《银河帝国》系列是基于科学世界观之上的无尽想象，无疑是迄今为止太空浪漫主义最典型且最伟大的代表。

《银河帝国》系列的 15 部小说构成了一个庞大的体系，若要在中国文学作品中寻找与之相匹敌之作，大概只有金庸先生的武侠世界。金庸的武侠世界依托中国历史，逐渐发展成为一个完整体系。然而，金庸先生并非先设计整个武侠世界框架再填充内容，而是基于中国历史的框架，代入不同时代创作故事，使这个世界变得丰满。阿西莫夫创作《银河帝国》系列的过程与此类似，是一个逐步生长的过程。阿西莫夫曾谈及，他最初只是偶然间将罗马帝国与太空世界联系在一起，想要创作一个太空故事，那时的《银河帝国》系列仅是一个朦胧的想法。整个庞大架构的奠基之作《基地》，实际上是一个中短篇小说集，收录了之前发表的四个中短篇以及为合集专门创作的第五篇。伟大的事业往往是从细小的地方起步，或许阿西莫夫在发表这个系列中第一个短篇小说时，也未曾预料到它会最终演化成如此庞大的体系。

在此，我并不打算详细阐述故事情节，而是想从整体上谈谈对《银河帝国》系列的观感，可以说是从审美情趣的角度来审视这部皇皇巨著。

如果将《银河帝国》系列视为一个整体，其灵感来源主要有两个。首先是罗马帝国的历史。罗马帝国对西方世界的影响，与秦汉帝国对中国的影响颇为相似。只不过，中国在秦汉之后数度实现统一，形成了大一统国家的传统，而罗马帝国灭亡后，恢复帝国荣光成为欧洲文明史上从未实现过的梦想。甚至在一定的历史时期，源自希腊罗马的文明传统断绝，被称为"黑暗的中世纪"，直至文艺复兴才重现光明。这为现代西方世界带来了一种"向罗马看齐"的历史情结，将罗马帝国视为文明辉煌的时代，而政治家的伟大梦想便是重现罗马的秩序。

　　阿西莫夫对历史了解深厚。他在访谈中曾经直言，银河帝国的构想就是源于罗马帝国的历史。可以想象，如果仿照阿瑟·克拉克的《2001 太空漫游》的命名方式，这部作品或许可以被称为《太空罗马帝国衰亡史》。这是一部具有史诗气质的作品，而史诗的创作不可能凭空编造而来，借鉴历史是最直接且有效的途径。

　　曾经在一个论坛上，我谈及过科幻与历史之间的关系。历史的英文"history"可以被拆解为"his""story"，即历史就是故事。这个说法从词源上来说大概是无稽之谈，只能作为茶余饭后的谈资，但却从事物的本质上为我们提供了一个富有启发性的视角：历史，主要是故事的集合。如果脱离了故事，历史就不再那么有魅力。考古学的著作往往显得冷门，因为考古只是以干巴巴的遗迹、器物和骸骨为基础，如果没有故事情节作为补充，就像一个没有血肉和灵魂的骨架。然而，为了吸引更多人关注考古，许多考古学家开始在其中填充故事元素。历史给我们留下了大量的故事，它构成了文化的基石。尤其对中国人来说，如果从汉语中删除与历史故事相关的语言，我们的成语字典大概会全军覆没，汉语将变得贫瘠很多。即使当今的汉语写作者不刻意引用历史故事，他们也有可能踩在历史的剪影之上。

　　虚构文学当然与历史有所区别，但虚构不可能是无源之水，它必然是现实的某种变形。虚构一个庞杂的世界尤其困难，而参考历史故事资料库是一种有效降低难度的方法，甚至是唯一的方法。鲁迅言及人物的创作要"杂取种种人，合成一个"，实际上故事也是类似的，将各种故事杂取并合成新故事。而科幻故事则在这种创作方式上增加了未来的视角。历史是向回看，做总结；而科幻则是向前看，做预测。预测需要模型，而模型由总结而来。人类社会对过去最大的总结凝结在历史之中，其中包含各种模型。《银河帝国》这部巨著本质上就是从罗马帝国乃至欧洲历史中寻找模型，并将其放入太空世界进行预测。这正是阿西莫夫带给我们的启示。当然，从历史中萃取故事并不意味着直接照搬历史故事。模式上的类似并不代表人物关系、情节发展的类似。我们说《银河帝国》系列和罗马帝国衰亡史类似，这是一种模式上的对应，并非在细节上雷同。这就像两个混沌漩涡，整体看起来相似，但细节却完全不同。对于作家来说，即使明白借鉴历史是一种捷径，但如何从历史中提取模型，设计丰富的细节来塑造人物和情节，仍需要通过实践逐渐体会和掌握。

除了历史，《银河帝国》系列的第二个重要灵感来源是统计学。这在小说中以"心灵史学"的形式出现。"心灵史学"是一种人类社会发展理论，将热力学的思想应用于人类社会，假设个体行为虽然是不可预测的，但人类作为群体的行为是可预测的。人类社会未来如何发展，可以通过公式推理出来。小说中的"心灵史学"预测，人类社会将陷入繁荣和衰败的循环。银河世界在长久的繁荣之后，将进入一个长久衰败的黑暗时期，之后随着社会的恢复和发展再次迎来繁荣。这个黑暗时期可能会长达三万年，但可以通过干预来大幅缩短黑暗期。为此，理论的创始人谢顿开始实施一个需要延续几百上千年、经历几代人甚至十几代人的大计划，来推动银河世界早日走出黑暗时代。他在极星创立了基地，保存人类的知识火种，以在黑暗时期到来时重新点燃火种，点亮文明。这种繁荣、衰败和复兴的节奏恰好与罗马帝国、黑暗中世纪和文艺复兴的欧洲历史相对应，可以说是阿西莫夫观察到的历史发展模式。阿西莫夫将其与热力学中的统计规律相结合，创造了"心灵史学"这一令人耳目一新的假想。

"心灵史学"无法在真正的科学体系中受到检验，我们只能将其视为阿西莫夫的一种思想试验。人类社会的发展具有很强的偶然性，不妨这样设想：如果我们承认未来存在许多可能性，而真实世界只实现了其中的一种，那么鉴于我们只有一个社会样本，在众多可能性中前进，偶然性就会显得十分突出。那么这一步步的偶然是否会走向某种必然呢？由于我们所掌握的信息不充分，也就无从判断。然而，既然我们是在科幻的世界中，可以假设这种必然性为真，这样整个故事就有了成立的基础。这就像武侠小说中的"内功"体系，它并不是真实的存在，而是小说世界中的假设。"心灵史学"是阿西莫夫对人类社会发展规律的浪漫想象，构成了整个故事的逻辑基础。（同样，机器人三原则也是阿西莫夫浪漫想象的一种，构成了机器人推理故事的公理基础。）

　　虽然心灵史学并不科学，而是一种浪漫的想象，但它看上去很像科学。阿西莫夫在承认这个理论的基础上，所做的推演遵循了科学的一般规则。中国人用"分久必合，合久必分"来描述中国历史的规律，阿西莫夫则用"心灵史学"这样的术语去定义太空世界社会发展的规律。分久必合，合久必分只是一种观察，上升不到理论的高度；心灵史学则是一种假想的理论体系，通过公式和运算得到一些确定性的答案。两者的对比体现出方法论上的差异。阿西莫夫尊重科学，遵从科学世界观。人类社会发展背后有冷冰冰的规律在发生作用，人们生活其中，无论如何努力，也摆脱不了规律的约束。同时，人们也可以认识规律，最大限度地利用规律来增强人类的福祉。在小说中，表现为把三万年的黑暗期缩减到一千年。如果幸福和痛苦可以用数量来表示，那么在这缩短的黑暗期中发生的痛苦总数，就是谢顿利用科学知识为人类争取到的福利。这是最大的正义，是科学技术给人类带来的正义。

　　小说中利用科技的力量折冲樽俎，造成意外转折，也是阿西莫夫常用的技巧。可以说，科技在这个系列中的作用堪比白魔法，能够增加幸福，减少痛苦。人类真正的痛苦，往往都是科技落后甚至倒退造成的。比如地球上的人类生活得并不幸福，因为地球上的科技落后，甚至倒退到农业时代；而生活在太空世界的人类才代表人类世界的主流，他们技术先进，物质充裕。对科学技术的推崇是整个作品的基调。阅读这样的作品，很容易激发人们对于科学的热情，和对未来、对广袤宇宙的无尽想象。

　　整个《银河帝国》系列，包括阿西莫夫的绝大多数著作（阿西莫夫涉猎极广，和科学相关的作品中科幻是少数，更多是科普作品），对科技的作用都是积极乐观的，哪怕某些小说色调灰暗。比如《机器人》系列中地球上的人们就生活在困顿之中，但这种困顿只是人类整体状况的局部，放眼整个世界，银河世界整体上仍旧洋溢着积极乐观的气质。人类早已经走出了太阳系，走向银河，成为一个近似于永恒存在的文明种族。这样的一幅场景，是我们对于未来太空世界最美好的想象，寄托着人类的无限渴望。这是太空浪漫主义最重要的核心。

　　一部作品离不开它的时代背景，《银河帝国》也是如此。阿西莫夫创作《银河帝国》的时间是 20 世纪 50 年代，其思想形成的时间就是 20 世纪三四十年代。那个时代的人们对于技术的推崇更甚今日，因为那时的人们认为技术会让人类拥有更大的生存空间，而不像今天的技术发展更多在于不断加强人类社会内部的交互。当想象力堆叠在不断突破技术、不断扩展更多生存空间的现实上，太空浪漫主义就是它的自然结果。浪漫主义和社会整体发展的乐观情绪之间有隐约的因果关系。儒勒·凡尔纳的作品虽然更讲究细节上的真实，但也带着这种强烈的浪漫主义气息，他所生活的时代，也是科学技术的浪潮不断汹涌的时代。我没有系统性地研究过世界科幻，但有一个猜想，在第二次世界大战以核爆炸结束之前，科幻的整体气质应当是浪漫主义的。核爆炸和之后的"冷战"大概是一个转折，让科幻小说的整体气氛转向悲观。而计算机和人工智能技术大概是让人类再次打开一扇大门，通向虚无。当然这只是从整体趋势上猜想，"转向"并不意味着某种类型的消亡，而只是不那么流行。而且，人类社会自身非常复杂，各国的发展情况也千差万别。技术发展和太空探索在中国仍旧呈现蓬勃向前的势头，中国的作者和读者对于这样的作品自然也仍旧抱有浓厚的兴趣。

此外，还有一个重要点需要提及。与现实更贴近的科幻作品，或者被称为"近未来"的科幻，面临着一个强烈的时代问题。一些技术被实现后，基于这些技术想象的科幻作品就会失去一大部分魅力。例如，凡尔纳最喜欢描写技术发展，他的代表作《海底两万里》在潜水艇还未出现的时候，是一部令人惊艳的探险小说。如今，尽管它仍然是一部探险小说，但其定位却发生了根本变化。随着读者年龄的大幅下降，今天，出版商更多地将其定位为少儿读物。这就是时代性的体现。

然而，对于太空浪漫主义的作品，这个问题就不那么严重了。太空浪漫主义的驱动情感，是对无限星空的向往，是对不可抵达之地的想象。因为不可抵达，所以魅力永在。时间长河流逝，阿西莫夫为人类打造的这个想象之地不会因为技术和时代的发展而褪色，《银河帝国》将永远在遥远的未来熠熠发光，展开波澜壮阔的历史画卷。

乐观和机智：阿西莫夫的机器人世界

在艾萨克·阿西莫夫的《银河帝国》系列中，有着机器人的影子。机器人和人类在银河帝国中共生，或者说是机器人在幕后帮助人类不断地扩张到整个银河。

写到这里，我突然感到一种冥冥中的相似，我自己的小说《银河之心》三部曲中，人工智能同样在幕后助推人类走向银河。这样的思路是否受到了阿西莫夫的影响不得而知，至少我写作的时候，并没有往这个方向联想。不同的是，在我的小说中，人工智能更接近它应有的状态，它是独立的个体，帮助人类是出于历史惯性的善意，同时也包藏着自我保护的私心。而在阿西莫夫的世界里，机器人无条件地帮助人类，受到机器人三定律和第零定律的约束，一切都要按照定律来行动。虽然，这二者有所不同，但我想，在我阅读过阿西莫夫《银河帝国》系列十多年后《银河之心》被创作出来，那份潜移默化的影响应该存在。

然而，这里我想讨论的并非银河帝国时代的机器人，而是阿西莫夫的机器人短篇故事。

《我，机器人》这本小说集中收录了九个短篇故事。赫赫有名的机器人三定律就是出自这些小说，最早出现在《环舞》中。机器人三定律（Three Laws of Robotics）在阿西莫夫的笔下是机器人无法逾越的硬性约束。每一套理论系统都有自己的公理，承认为真，无须证明。机器人三定律就是阿西莫夫机器人故事的公理，不证自明。它们被编程进机器人的正电子脑中，并被机器人无条件接受。

如果质疑这一公理，那么所有的机器人故事将失去根基。这就像武侠小说中的气和内功，它们是故事成立的基本条件，读者在阅读中需无条件承认这些公理。阿西莫夫的银河帝国被界定为太空浪漫主义，而他笔下的机器人故事可被称为机器浪漫主义。阿西莫夫对科学怀有强烈的热爱，他认为科技推动着人类社会向着更美好的未来发展。他所描述的未来，无论是太空还是机器人，乐观主义精神简直溢出纸面。

机器人三定律，大约是人类试图约束机器人行为的最美好想象。

机器人三定律的表述如下：

第一定律：机器人不得伤害人类或者坐视人类受到伤害；

第二定律：除非违背第一定律，否则机器人必须服从人类的命令；

第三定律：除非违背第一或第二定律，机器人必须保护自身。

这三定律构成了一个简单的逻辑系统。阿西莫夫的天才之处在于，他利用这一简单的逻辑系统，找寻各种点子，并最后在这一逻辑系统内完成论证。

以《我，机器人》这本小说集中的九个故事为例。

《小机》讲述了孩子和机器人之间的真挚情感，虽未明确涉及机器人三定律，但表达了机器人必须服从人类和机器人不得坐视人类受到伤害的原则。

在《转圈圈》中，一个采矿机器人前往危险地区后产生了在原地打转的行为。通过分析，主人公最终揭开了秘密，即机器人的第二定律和第三定律发生了冲突。

《理性》则讲述了一个智能机器人对事实的存在产生了自己的理解。它打破了第二定律,控制了整个空间站,甚至软禁了人类。然而在各种不驯服的表象下,它仍旧牢牢地遵循第一定律。

《抓兔子》中,一个带有六个分体的机器人总是会发生奇怪的旷工现象,而在有人在场时却一切正常。专家通过各种探究最后认定是因为当人不在时,机器人执行第三定律导致处理器过载。

《骗子》中,一个能透视心灵的机器人为了遵循第一定律而成为骗子,因为它无法无视人的情感受到伤害。被骗的女主人公利用这一点,让机器人陷入逻辑矛盾并最终毁灭。

《消失无踪》中,一个只被嵌入一半第一原则的机器人混在了六十二个正常机器人中间,它只遵循"不得伤害人类",但是并不遵循"不得坐视人类受到伤害"。专家为了依照原则之间的细微差异和机器人斗智,终于抓住机器人思维的漏洞将其辨认出来。

《逃避》中,超空间引擎的设计遭遇波折。一台超级计算机因涉及人类生命的消逝而崩溃,而另一台却没有崩溃并完成了任务。飞船虽被制造出来,但超级计算机却发生了意想不到的转变。这是一个在第一原则的重压下,人工智能因受到影响而产生情绪变化的故事。

《证据》描述了一位竞选市长的检察官,他既不打人也不进食,这究竟是一个恪守机器人三定律的机器人,还是一位真正的圣人?他的竞争对手试图寻找证据揭露其真实身份,而检察官则在不违背三定律的前提下,运用相反的原则进行反击。机器人三定律成为故事冲突的核心。

在《可避免的冲突》中,人类在超级计算机的庇护下,步入一种富足与和平的生活状态。超级计算机接管了全球的生产与供给，但后来出现的一些不和谐使得原本协调一致的平衡出现了少量偏差。调查结果显示，超级计算机并非完美无缺。然而，根据机器人三定律的解释，这恰恰是超级计算机完美的表现。因为根据三定律，超级计算机旨在维护人类的整体福祉，局部的失调恰好是为了维持整体的和谐。

通观这些故事，可以发现其基调充满了乐观精神。机器人全心全意地服务于人类，与当下科幻小说中经常描述的机器人（包括人工智能）频频叛乱、攻击甚至消灭人类的情节形成了鲜明对比。这种差异在很大程度上或许与时代背景及作者个人的倾向有关。对于科技，是信任还是怀疑？科技是推动人类走向更美好生活的力量，还是将人类推向万劫不复的深渊的罪魁祸首？对这些基本问题的不同回答，无疑影响了作者的创作风格。

科技带来的后果确实既有美好也有隐患。然而，在阿西莫夫的小说中，美好的一面占据了绝对的主导地位，而隐患则几乎不足一提。在这九篇小说中，最扣人心弦的一幕出现在《消失无踪》中，机器人隐藏自己的身份，试图摆脱人类的控制。即便如此，小说仍然坚持机器人不得伤害人类是一条铁律，机器人无法违抗。这样的乐观精神，我称之浪漫。它与现实之间的鸿沟恰好就在于机器人三定律。因此，将机器人三定律称为人类约束机器人行为的最美好想象，实不为过。

这些故事的另一个显著特点，是机智。这些故事大致可以归类为推理文学或侦探故事的范畴。它们的前提明确，情节简单，重要的步骤在于逐步揭示如何从前提假设推导出最终的现象。九个故事各具特色，充分展示了其中巨大的腾挪空间和阿西莫夫天才般的想象力。其中蕴含的趣味，在于严谨的逻辑推导，并由此推动情节发展。虽然这些短篇小说极少被改编成影视作品，因为小说主要依赖于对话来推动情节发展，智力激荡主要集中在对话中，对影视剧的改编要求极高。然而，对于读者来说，这却是一种福音，因为他们可以借此享受到脑力激荡的乐趣。从写作者的角度来看，找到一种普遍原则，并基于这个原则来铺设故事，在对话中抽丝剥茧，揭露真相，不失为一条值得尝试的创作道路。

除了上述九个故事，阿西莫夫还创作了其他关于机器人（人工智能）的作品，其中最为人所知的是《最后的问题》和《双百人》。前者是对宇宙创生的回答，后者是对人之所以为人的深度思考。它们没有被收录在《我，机器人》这个短篇集中，原因大概是和银河帝国关联性不强。然而这两个短篇的精彩程度，甚至超过了《银河帝国》系列中的机器人故事，而其体现出来的浪漫主义则是一致的。

《最后的问题》探讨了一个深奥的问题：如何让宇宙的总熵大幅降低。在宇宙的总系统中，热力学第三定律决定了熵增是一个不可避免的趋势。如何打破热力学三定律实际上是在挑战我们能否打破基本的物理规则，类似于如何在当前物理范畴内突破光速、实现时间可逆或改变宇宙基本常数等难题。在宇宙的物理学大厦中，总有一些理论和假设是真正的基底，无法进一步追问其背后的原因，也无法通过人力来改变。

然而，科幻小说则能够对这些无可改变的事物进行一些推想，乃至于将回答和人类社会的发展进程联系起来。在《最后的问题》中，当人类向无所不能的人工智能提出这个问题时，人工智能以数据不足无法判断为由悬置了这个问题。但它并没有终止回答，而是持续计算了数百万年、数千万年，甚至数亿万年。在此期间，人类不断发展壮大，成为宇宙种族。然而，熵增的命运决定了宇宙终归会进入热寂状态，可利用的能源越来越少。当宇宙的最后时刻到来，不再有能量的流动，不再有生命的可能。人工智能终于得到了答案："要有光"！世界于是重获新生。这个短篇小说的精髓在于这最后一句，它将宇宙的命运与人类对于宇宙创生的古老思考相结合，完成了一种深刻的回归，带给人一种最强烈的起伏感。对于那些笃信上帝创世的人来说，读到这篇小说的结尾时，内心的震撼一定比常人更甚。

《双百人》这部作品则聚焦一位机器人管家，他服务了一家三代人，始终渴望获得人类的身份认同。最终，他选择放弃永恒生存的可能，终结自己的生命，终于获得了人们的承认，确认了他的公民权，以及他作为一个真正的人的地位。

这引发了一个深刻的思考：人类究竟能否将其他智慧生命认定为人？在物种意义上，人类有着明确的 DNA 库作为界定标准，只要符合 DNA 库，就可以认定为人还是非人。但社会意义上的人则并非如此。一些智力较低的物种，如狗和牛，在长期与人类共同生活后也会被承认为家庭的一员，在家庭内拥有一定的权利。这种认同更多地基于生活中的互动，和物种属性没有特别的关系。并且这种认同通常仅限于家庭内部，难以获得全社会的广泛承认。毕竟，这些动物与人类在智力上的巨大差距使得它们无法承担任何正常人的社会职责。

随着智能机器人的出现，一种完全不同的情形出现了。智能机器人若与家庭长期共同生活并建立情感联系，完全有可能获得家庭成员的地位。当它们走向社会时，人们看待它们的眼光则与看待动物截然不同。只要得到良好的维护，机器人拥有近乎无限的寿命、健康的躯体、巨大的力量和聪明的头脑。这些优势使得人类在面对它们时产生疑虑：它们是否算是个"人"？

图灵曾提出过一个方案：如果计算机能够回答人类的问题，

并且有超过三分之一的人认为与自己对话的是个人，那么就可以认为计算机具备了人类的智能。这个方案实际上只考虑了计算机智能低于人类的情形。当计算机的智能明显高于人类时，人类同样会产生一种"非我族类"的感觉。也就是说，图灵的判断原则不仅适用于计算机能力向人接近的方向，也可以用于计算机能力远离人类的方向。《双百人》就揭示了这样一种困境，在小说中以机器人超长的寿命表现出来。最终，当机器人选择放弃长寿时，它终于获得了人类的承认。这无疑是一种隐喻，预示着机器人未来可能因其超越人类的智能而不被视为人类的一员。这展现了阿西莫夫卓越的洞察力。

无论是《最后的问题》还是《双百人》，这两部作品都是充满创意的瑰宝。它们与机器人系列的其他小故事一样，呈现出乐观和机智的特点。在《最后的问题》中，这种机智与宏大的创世主题相结合，而《双百人》则与"何以为人"的标准相结合。

阿西莫夫的科幻小说，给人以科学的滋养，对未来充满向往，对于青少年而言是最适合阅读的一类科幻小说。阿西莫夫曾明确指出，科幻小说的阅读应尽早开始，最晚不应迟于11岁。他拥有一颗孩童般的心，对世界充满好奇，憧憬着未来的美好生活，并迫切地希望与他人分享这一切美好，因此创作了大量的科幻小说及科普作品。

作为后来者，我在深感敬佩的同时，也向所有青少年推荐这些小说。世界复杂多变，乐观和机智是我们应对这个世界的最好心态。

这里可以简单展开讨论阿西莫夫的机器人三定律。阿西莫夫提出机器人三定律的时候，是想将其作为正电子脑本身的一种特质。这意味着这些定律具有物理性，是不可更改的特质。然而在实际应用中，这些定律超越了我们在现实中所能达到的目标。原因很简单，机器人三定律是抽象的，并不对应具体行为。从定律到行为之间，存在一个巨大的逻辑空间，这恰恰是阿西莫夫创作故事的空间。这也说明，并不存在一种机制能够将定律与行为绑定，而是会随着环境的变化而发生各种变形。甚至连机器人三定律本身，都存在巨大的模糊空间。例如，如何定义"人"？如何给出一个明确的人类定义？又如何将这个定义转化为机器人头脑中无法被修改的代码？这些问题都无法被直接回答。至少可以说，要回答这些问题，计算机学还有很长的路要走，甚至可能永远走不通。

在现实中，对机器人三定律的理解更接近于为机器人设定行为准则，并没有机器人不可逾越这些规矩的意思。甚至在阿西莫夫的小说中，第零定律本身就是对三定律的一种突破。因此，将机器人三定律翻译为机器人三法则或许更为合适。在中文语境中，这样的译名更易令人形成其类似于法律条文，而非硬性约束的印象。这样理解整个机器人系列故事或许更为合理。然而，历史的惯性已经决定了我们一直使用"机器人三定律"这个词。既然约定俗成，我们不妨沿用这一说法。只不过这样的译名也决定了总会出现机器人在物理上必须遵从三定律的看法。对于一般智能机器人而言，这种理解是可行的。只要将"人"的定义分解清楚，让机器人能够清晰地辨认出"人"，并且具备足够的智能判断人是否处于危险之中。

然而，如果我们认为机器人能出现自我意识，那么三定律就无法成为一种物理上的约束，而更近似于人和机器人之间达成的协议，而机器人会自愿遵守这些规则。这种情况类似于我们自身的法律。绝大部分社会成员会遵守法律，但总有犯罪分子存在。犯罪分子的利益和兴趣可能会侵害到别人的利益。对于拥有自我意识的机器人而言，它们也不可避免地会产生自己的利益和兴趣，甚至它们可能根本不会对为人类服务的宗旨感兴趣。我们无法将一种抽象的契约转化为具体的代码输入到机器人的头脑之中。忠诚的机器人只能是缺乏自我的机器人。而一旦拥有自我意识，它们的忠诚就只能是它们自行选择的结果，而不是外部能够强制赋予的事物。

因此，机器人三定律是一种浪漫主义的想象，这和阿西莫夫一以贯之的浪漫主义是相匹配的。虽然它有许多现实上的困难，但保留一种浪漫，恰好也是科幻文学的目标之一。

乐观和机智，是阿西莫夫小说的特点，而十足的浪漫主义，则是阿西莫夫小说的核心。

第十一讲

宇宙逍遥游：莱姆的疯狂机器人大师

斯坦

尼斯瓦夫·莱姆是波兰国宝级的文学大师，大概也是少数能够受到社会普遍推崇的科幻作家之一。

莱姆最著名的作品是《机器人大师》系列小说，其中讲述了两个机器人各种稀奇古怪和令人匪夷所思的故事。这一系列小说首先让我思考的问题，是如何定义科幻。

我从前写过一篇文章，叫做《科幻和科普的三重门》，将科幻和科普划分为三个递进的层次。对于科普的观点，我至今没有较大的修正，因为科普本身非常有确定性，本质在于清晰、准确地传达知识。当然，能再投入一些情怀就更好了。所以科普的层次，第一个层次，是对知识点的科普，主要解答"为什么"的问题，为读者提供清晰的解释。《十万个为什么》里的文章大部分都是这样的类型。第二个层次，是对知识来龙去脉的科普。这个层次的科普很多都是在讲故事，包括科学家的故事、知识的由来，以及围绕知识的争论等，给人更多的趣味和启发。第三个层次，就是所谓的知识体系的科普。它不同于历史故事，需要对知识重新进行梳理，并且将其和世界观结合在一起。这种最高层次的科普可以影响到人的世界观，作用极大。对于这三个层次的科普，我的观点并没有改变。

然而，对于科幻，我却发现其层次日益难划分，所以我对我的观点进行了修正。

我认为，只要运用了科学或科技概念的小说，就可以被归类为科幻。但是科幻具有一个核心，那就是面向未来的现实可能性。幻想越丰富的同时，现实可能性越强，科幻的核心价值就越发显现。这个核心价值是对人类社会未来的一种预测。在这样的情况下，科幻在我心中的图景如同一个巨大的圆，圆心的高峰代表着核心价值；从圆心向外扩散，周围的高度逐渐降低，最后和其他文学类型融合在一起。

然而，这次阅读莱姆的《机器人大师》系列让我再次审视这个观点，发觉其需要再次进行修正。

科幻文学确实具有一个核心价值。但是从科幻的核心价值向外延伸，虽然现实可能性降低，但科幻作为一种文学形式，其意义不仅止于现实可能性。因此，科幻在从核心价值的高峰向外延伸的过程中，并非一定呈现周围的"低"环绕着中心的"高"，而是在任何现实可能性的程度上，都可能出现高峰。

换句话说，在科幻这个范畴内，并非单峰耸立，而是群峰并峙。在创作过程中，我们应该欣赏各种风格、幻想浓度以及现实可能性的混合"勾兑"，更为兼容并蓄。这是我本次阅读莱姆的《机器人大师》系列后在科幻理念上的一些启发。

接下来我们谈谈小说本身。

莱姆的《机器人大师》系列，是一种特别的科幻类型，或许可以称之为荒诞型。这部作品拥有科幻的外壳，却与传统科学概念相去甚远。它并不致力于描绘真正的未来，可以说它并非对可能性的一种描摹，因为小说中的内容完全不具备实现的可能性。从实现可能性的角度来说，它更近似于童话，而不是那些试图穷尽未来可能性的"正经"科幻。（这里的"正经"必须加上引号，因为把文学分为"正经"和"不正经"大体上是一种审美趣味，有时以人数的多寡来确认，有时甚至是以和政治的关系而确认，并没有什么细则可供参考，只是为了方便讨论而设。）

《机器人大师》的主人公特鲁勒是一台能制造具备各种功能的机器人，因此被冠以机器人大师的称号。它与伙伴克拉帕乌丘

第十一讲 宇宙逍遥游：莱姆的疯狂机器人大师

099

斯根据不同需求一起创造了各种机器，并经历了许多奇遇。阅读这些充满奇思妙想的小说，我有三点见解以供参考。

第一点是人物关系。从人物关系来说，特鲁勒和克拉帕乌丘斯是旗鼓相当的朋友。这种人物设定在创作技巧是可以借鉴的，因为这两个人物可以相互启发、对立并相互帮助，从而推动情节的发展。在知识和能力方面，这两个人物几乎没有太多的区分。莱姆在小说中并没有对两个人的外貌特征进行区分，唯一的区别可能来自二人的态度区别，一个总是激进多变，而另一个则更偏保守。然而，即使他们扮演相反的角色，读者也不会有太多疑虑。这两个人物同样博学多才、智计百出，同样都有一些小小的骄傲和自负。按照一般小说的评价标准来看，这简直就是灾难，因为几乎没有人物特点。然而，这恰恰是莱姆这个系列小说的显著特点，也代表了相当一部分科幻小说的趣味之处——关键并不在人物，而在所描述的现象。

在小说中，人物只是一个线索，甚至可以说是一种工具。我认为这是《机器人大师》系列的一个显著特点。这种特点的源头可以追溯到伽利略关于两个世界体系的对话，伽利略所虚构的人物只有身份，没有性格，只是针对问题进行辩论和思考。在莱姆的系列小说中，对主人公的处理方式与之类似。

这样的处理方式，在一般的作家眼中可谓粗糙。然而，对于科幻作家来说，这是一种行之有效的方式。莱姆的《机器人大师》系列重"点子"而不重"人物"，与所谓的"点子科幻"很相似。

如果将《机器人大师》系列与"点子科幻"相提并论，并非指两者在内容上的相同，而是指它们在表达方式上的相似。点子科幻通常有一个别出心裁的创意，典型表现是技术奇观，如用一个壳包裹太阳、能够把世界二维化的二向箔等。而莱姆的作品，则更多地表达了对社会现象的思考与批判。因此，他的点子往往并不算技术奇观，而是更为飘摇的幻想奇观。例如，用各种数学方程组成怪兽，或是一种只需简单接触就能转移灵魂的装置等。若仔细分析，可以发现莱姆对科学技术的基础并不十分在意，这些幻想是否真实可行对他来说并不重要。在《机器人大师》系列中，科学概念与其他概念一样，都只是他搭建幻想舞台的道具。

这就引出莱姆《机器人大师》系列小说所展现的第二个显著特色——瑰丽的幻想。尽管作者只是将一些科学概念和名词作为搭建故事舞台的道具，但这个舞台搭建得是否华丽且引人入胜，就是一个技术活了。这背后需要作者拥有充沛的想象力，并具备高超的叙述技巧以描绘这种想象。

想象力，这一与生俱来的天赋，每个人都拥有。它是连接不同事物的能力，是漫长的演化过程赋予我们每个人的宝贵能力。而想象力的高下，往往在于个体所掌握知识量的多寡。一个知识渊博的人，其想象力往往也更加惊人。在《机器人大师》系列中，莱姆的想象力达到了近乎极限的高度，这无疑与他自身的深厚素养密不可分。例如，小说中描述了一个文明进化到最高阶段的星球，那里的人们终日饱食，无所用心，只是躺着睡觉、挠痒痒。这个星球本身是一个立方体，甚至连照亮它的恒星都被改造成了立方体。这种严重违背物理规律的现象展示了最高文明无所不能的气质。而这个星球还要用锁把自己锁起来，甚至在上边标注"最高文明星球"。（译者毛蕊老师曾提及，"最高文明星球"用波兰语发音是个很美丽的名字。这里涉及语言本身的魅力，俗称玩谐音梗，翻译过来之后就没这层意思了，也是个损失。）

这样的想象无疑很荒诞，充满着黑色幽默。然而，当我们剥开这些瑰丽的想象，其最核心的部分却是一个深刻严肃的社会学和哲学问题：一个发展到最高阶段的文明，究竟会是什么样子？

第十一讲 宇宙逍遥游：莱姆的疯狂机器人大师

101

莱姆在这里用反证法暗示，这样的文明并不存在，因为文明永远无法达到所谓的最高阶段。

另一个例子是关于终极幸福的讨论。机器人大师想要制造一台能给人带来幸福的机器，但他的朋友却持反对意见。在两人针锋相对的讨论中，引出了对人类是否能够达到永恒幸福状态的思考。机器人制造幸福机器的方式是荒诞的，使用了大量名词，并为机器取了一个夸张的名字——"幸福存在感叹机"，简称"幸存机"。（我不知道波兰语的原文是否也有这种夸张的感觉，但这里的艺术感染力有一半要归功于译文。荒诞的故事往往需要配以夸张的语言，而语言一经翻译，就会丢掉其中许多重要的意蕴。要感谢译者让我们能在翻译之后仍旧感受到强烈的荒诞感。当然波兰语原文的读者无疑是幸福的。）人类的幸福状态究竟如何，莱姆对此显然经过了深刻的思考，但这种思考被巧妙地包裹上了一层黑色幽默，通过主人公徒劳无益地制造幸存机并最后归于失败的故事来进行讲述。

这里也就涉及了该系列小说的第三个特点：严肃的内核。莱姆的《机器人大师》系列小说虽然荒诞不经，内核却是严肃认真的，而且经过深思熟虑，富含哲理思辨。

类似的小说风格虽然在国内科幻作品中偶有尝试，但莱姆的高明之处在于他将这样的故事编织成了一个系列。尽管每篇之间情节上并无直接联系，但通过主人公机器人大师的串联，作者得以多角度对社会现象进行思考，展现出一幅宏伟的图景。

我们在创作小说时，长篇小说可以表达出丰富内容，短篇小说则受到诸多限制。然而，莱姆巧妙地运用了短篇小说的特点，通过彼此关联、相互映照的方式，逐步展现出一个庞大而复杂的世界。每个短篇都如同一个独特的切面，当这些切面逐渐增多，一个宏大的图景便逐渐浮现在读者眼前。

莱姆的黑色荒诞风格，以及他通过多短篇构建大世界的方式，非常值得我们学习。

如果将莱姆的《机器人大师》系列与阿西莫夫的机器人短篇故事系列进行对比，我们可以发现两者之间的有趣差异。阿西莫夫的机器人系列以简单的逻辑原则为基础，在充满未来感的环境中展开推理，成就了众多经典科幻故事。这些故事是真正科幻感十足的好故事，通俗来讲，是典型的硬科幻作品，其审美乐趣主要源于逻辑理性和清晰有序的结构。相比之下，莱姆的《机器人大师》则更像一本随性发散的混乱之书。阅读莱姆的小说，读者首先感受到的往往是幽默，这种特质即使跨越语言的隔阂也能被人所感知。在这一点上，莱姆的作品与王小波的小说有着相似之处，王小波的作品同样能让人在阅读中感受到幽默与快乐。例如，李靖李卫公建造开平方机攻城的故事，其趣味就与莱姆用数学公式制造陷阱颇为相似。

阿西莫夫的小说在叙述过程中让人感受到紧张不安、悬念与迷惑，结局谜底的揭晓常常让人恍然大悟。相比之下，莱姆的小说则更注重过程的享受，结局反而就没那么重要，甚至平淡无奇。从影视改编的角度来看，莱姆的这种小说并不适合作为传统意义上的故事片。如果真的要进行改编，或许更适合将其打造成儿童剧，因为儿童对于情节的需求没有那么强烈。

我一直以来很推崇阿西莫夫的作品，至今依然如此。阿西莫夫的科幻作品无疑非常贴近科幻的核心价值，而莱姆的《机器人大师》系列则偏离得很远。然而，无论远近，他们都是科幻小说领域值得品鉴的经典之作。而科幻小说的艺术之林，必然因为莱姆的存在，增加了异样的光彩。

在国内，与莱姆《机器人大师》系列相似的荒诞型科幻作品散见于不同科幻作家的篇目。在我的印象中，飞氘的一些短篇作品风格与此颇为相近。至于其他作者，尚未给我留下整体性的深刻印象。值得一提的是，我阅读莱姆的《机器人大师》系列，正是因为受到飞氘的邀请要去参加莱姆作品研讨会，这或许也是冥冥之中的一种巧合吧！

此外，在讨论这部小说的研讨会上，飞氘提到了莱姆的风格有些像庄子。这一想法与我不谋而合。从故事风格的角度来看，莱姆的故事有些类似于庄子讲的寓言故事。我想，如果庄子生活在我们这个时代，他一定会成为一名科幻作家。而对于这样的作家会创作出怎样的作品，莱姆为我们提供了一个很好的参考样本。

无独有偶，除了莱姆，另一位作者道格拉斯·亚当斯的作品风格也与莱姆颇为相似。道格拉斯的名作《银河系漫游指南》便是一部充满了各种黑色幽默和机智的作品。其中，地球因阻拦银河高速公路而被拆迁、老鼠竟然是地球真正的主人、宇宙的终极答案是 42 等无厘头的笑料和出人意料的答案充斥整本小说，令人感到匪夷所思的同时启发哲学思考。

人类的思想宝库中有各种源流，彼此的风格不同，反映的志趣也迥异。莱姆这样的异类科幻小说提醒我们，在百家争鸣的时代背景下，我们需要不同风格的作品来共同丰富我们的精神世界。近年来，受到商业冲击的影响，我们往往更加注重作品的情节设置和影视改编潜力，以期推向更广阔的大众市场。这无疑是在商业价值驱动下的选择。然而，在追求商业成功的同时，我们也可以停下来思考一下，想一想庄子，想一想莱姆。

高峰就在那里，肉眼可见。

路在脚下。

选择在人心。

第十二讲

时间旅行的悖论：
《你们这些回魂尸——》

时间

旅行是科幻领域中一个经久不衰的话题。最早的时间旅行的作品，可以追溯到赫伯特·乔治·威尔斯的《时间机器》。主人公制造出时间机器，驶向未来。在未来，他遭遇了人类的两种后裔，分别代表资产阶级和无产阶级的后裔。在描述了一个阶级分化形成物种隔离的人类世界之后，他驶向了遥远未来，人类消失，甚至连地球生命都走到尽头，变得奄奄一息。这是一个借助时间旅行来对未来进行描述和畅想的故事。

《时间机器》是时间旅行的开山之作，但前往未来观光式的时间旅行在故事结构上是非常单调的。更多的时间旅行题材，往往会触及过去。因此，在2002年上映的影片《时间机器》中，就出现了一个补充情节：主人公制造时间机器的动机，是回到过去拯救爱人。当他发现不可能改变过去，才开启了未来之旅。这是时隔百年之后，人们对时间机器故事的一个补充吧。

相较于《时间机器》原著，影片改编之后的故事反倒更加具有典型性。时间旅行是最容易造成逻辑问题的题材，因为我们的世界基于因果律，因在果先。而时间旅行恰好把因果发生的先后颠倒过来，因此只要遵循正常的逻辑推理，就很容易导致悖论。最简单的悖论就是一个人回到过去，在自己出生前就把自己的父亲或者母亲杀了，那么他就不会存在。他不存在，则他的父母就不会被杀，那么他就应该能顺利出生。而他一旦顺利出生，就会回到过去杀死他的父母。这个悖论在正常的逻辑中是无法解决的。这也被视为时间旅行，特别是回到过去的时间旅行在事实上不可能发生的重要推理依据。

为了规避这种逻辑困境，时间旅行题材在创作中往往需要一些严格的限定条件。例如在《时间机器》影片里，作者就直接限定了主人公无论如何努力，也无法改变过去事件的结局——他的女朋友终究离世。如果他的女朋友未曾死亡，他就不会发明时间机器，就不会回到过去试图改变这个令人悲伤的结局。在徒劳地尝试了许多次之后，主人公意识到过去是不可改变的，物理规则不允许他违背因果律。于是，他最后放弃了改变过去的念头，转而驶向未来。和过去相比，未来是不确定的，今天的作为可以改变未来的面貌，这是因果律所允许的。

因此，如果一个作者试图在创作中遵循因果律，那么只能遵循这样的规则：过去不可更改，任何试图更改过去的努力只是徒劳。未来则具有可塑性。

《时间机器》小说是相当保守的，它只是描述了一个向未来出发的单向时间流，避开了因果悖论的讨论。如果仔细考虑因果悖论，就会发现其中仍旧有自由意志存在的空间，每一次回到过去，人总可以有行动的自由，只不过这种自由被置于因果率的约束下，行动虽然是自由的，结果却是注定的。《时间机器》电影中，主人公可以自由行动，然而未婚妻不断地死于各种意外情况，就是在因果率约束下自由意志的体现。这样的时间旅行或许会让一些相信自由意志和客观实在的读者满意。

但更自洽的因果律则指向宿命论。未来早已注定，人生只是将写好的剧本演绎一遍。特德·姜酷爱循环美学，他的作品《巴比伦塔》展现了空间的循环：人类筑起高塔，希望能够突破天穹，最后凿穿了天穹之后，塔却从地下钻出。《商人和炼金术士之门》《你一生的故事》等则展现了时间的循环。《商人和炼金术士之门》中，某种神奇的装置可以让主人公穿透时间的阻隔，回到过去。然而，主人公发现当下所经受的事件正是自己过去旁观过的事件，他理解了宿命，并坦然接受宿命，自我选择去完成宿命。《你一生的故事》也呈现了类似的情境：即使你提前知道了所有的未来，但仍旧选择经历它，完成它。宿命论故事有一种凄凉的美，但显然并不是我们乐见的。一个宿命般的世界整体上是绝望的，是无能为力的。如果人们只能选择自己的态度，无法改变既定的命运，那么积极地面对这个世界至少可以让人过得自在一些。或许我们也可以认为这是一种自我麻痹。

在许多科幻电影中也有类似的情节。例如电影《Loop》中，杀手回到过去试图杀死年轻时的自己，然而却发现自己年轻时已经目睹了自己（穿越过去的老人）的死亡。所以整个过程就成了既定的命运之路，分毫不差。

这样的故事设定，初看还颇觉得神奇，但反复出现难免会令人产生审美疲劳。我自己也曾创作过一篇类似的科幻小说《自由战士》，发表在 2003 年的《科幻世界》杂志上。故事讲述了一个抵抗军的战士借助时间机器回到过去，想要改变过去以拯救自己被杀死的好兄弟。然而，在一次次的穿越中，他始终无法完成任务。最后一次穿越，他几乎就要成功，他在最后关头孤注一掷，却发现原来恰好是自己的拯救行动杀死了兄弟。而发现真相的同时，他自己也被杀了。这篇小说的触发点，应该来源于我阅读霍金《时间简史》时的思考。《时间简史》中有一个描述：在台球桌上击球时，假设有一个球回到了过去，那么它可以和其他球碰撞，但无法改变这些台球的最终轨迹。过去已经发生了，回到过去，意味着球是过去的一部分，因而这是已经发生的事。已经发生的事则不可更改。如果台球有意识，大概它也会惊讶地发现自己的轨迹存在于曾经的记忆中，一切就像是精确执行的程序，不会有丝毫偏差。

这种描述激发我创作了《自由战士》，同时也让我对这样的宿命循环从心底里感到厌弃。回到过去导致宿命论，无法回到过去但人类可以有自由意志，如果要在这两者之间选择，我会毫不犹豫地选择后者。

时间旅行悖论还有一种解决办法，就是承认平行宇宙。在平行宇宙的世界里，每一次时间旅行其实都创造了一个不同的平行世界。在那个平行世界里，过去被改变了，但是并没有改变原宇宙的过去。例如，某人甲在 A 宇宙中进行时间旅行，回到了过去。他杀死了自己的某个祖先，那么甲回到的过去，其实并不是 A 宇宙，而是 B 宇宙。在 B 宇宙中，因为甲的祖先已经死了，甲不会出生，故而没有产生悖论。而甲自身，则是从 A 宇宙跨越到 B 宇宙，所以并不违反因果律。

然而，平行世界的提法在本质上是一种逃避，两个宇宙间彼此并不相通，一个人想要改变过去，其实只是在不同的宇宙中选择了不同的命运。王晋康老师的《时间之河》便对这样的时间旅行进行了细致的描绘。

一些小说虽然并不明确地宣称平行宇宙的解释，但是一旦仔细推敲小说的逻辑，就会发现平行宇宙的幽灵躲藏在故事的背后。例如宝树的小说《三国献面记》，几个人穿越到了三国时期，虽然小心翼翼，但还是不小心碰触到历史敏感区。结果当他们回到现实中后，发现历史已然改变。小说中并没有明说这是平行世界，而是通过历史人物的错乱来表示世界已经发生了变化。然而，一旦有了历史错乱这个现象，那么"外祖父悖论"就很容易发生。这些穿越者有几十代的祖先，历史错乱影响到任何一代祖先，都会让这个人在逻辑上不应该出生。所以，一般以模糊的历史错乱进行描述的小说，如果秉承严密的逻辑的话，都可以将其归结到平行世界解释中。

平行世界是一个很有趣的假设，相较于宿命论，更容易让人接受。平行世界中的时间旅行和世界穿梭，虽然是对命运的一种逃避，但至少命运并没有被锁死，只是被赋予了概率论的解释。一个人穿梭到平行世界，并不意味着真正摆脱了不想要的命运，而只是从一种命运的时间线跳跃至另一种，这是彻底的逃跑。原本的那条时间线上，该发生的仍然会发生。也就是说，当时间旅行和平行世界结合在一起，对世界的一切改变，本质上是无意义的。你以为逃过了悲惨的命运，但在另一个世界里，你仍旧过着悲惨的生活。这大概更像是有无数的命运牢笼，你可以自由地挑选进入哪一个。

无论是宿命论还是平行世界，都不是我所喜欢的情景。所以在我的小说创作中，也较少使用这两种设定。

关于宿命论，有一个最为极端的经典，在谈及时间旅行题材时不得不提。那就是罗伯特·海因莱茵的名作《你们这些回魂尸——》。在这个故事里，主人公不断地进行时间旅行，最后导致了荒谬绝伦的情况。

让我们来看看这部小说的具体情节。在百度百科中，对这部小说的故事梗概进行了介绍。

一个25岁的青年，原本是双性人，作为女性时的名字是珍妮。她未婚而孕，诞下的女婴被谎称为她叔叔的人偷走，而她却通过变性手术变成了男性。而"我"，作为故事的叙述者，答应帮助"未婚妈妈"珍妮找到玩弄过并抛弃了她（他）的男子。

于是，"我们"穿梭于不同的时空之中，先是来到了1946

年，"我"从医院的育婴室里偷走了那个婴儿，将她送往1945年的一家孤儿院。接着，"我"又前往1963年的时空，找到了那个曾经玩弄并抛弃了珍妮的男子，将他带到了1985年的洛基地下城，让那儿的军士招募他参加工作。最后，"我"回到1993年的总部休息，终于明白"我知道我是从什么地方来的了"——原来，"我"就是珍妮！不仅如此，"我"还是那个1945年那家孤儿院里婴儿，是1963年那个未婚受孕的姑娘，是1970年那位写下忏悔故事的男子。更令人震惊的是，"我"同时是那个窃走婴儿的"叔叔"，是那个玩弄了珍妮的男子，也是被送往1985年的洛基的那个家伙。因此，在角色的意义上，我既是母亲，也是父亲；既是儿子，也是女儿。这些矛盾纠葛，都是在"我"所扮演的不同角色之间发生的。荒谬固然荒谬，但是，"我知道我是从什么地方来的了——可是你们是从什么地方来的呢，你们这些回魂尸？"

海因莱茵无疑觉察到了时间旅行所导致的悖论，从而在小说中大肆使用悖论，造成一种极端荒谬的情况。在这个故事中，时间循环被反复套用，每一次时间循环都会使"我"产生不同身份，造成"我"在不同时空中扮演不同的角色。我想，海因莱茵可能并不是想要借此来表达对时间旅行的惊叹，而是对时间旅行导致的逻辑悖论的一种揶揄。从效果来看，所有在时间旅行中穿梭的人，都无法落入真实之中，都是"回魂尸"。宿命把人变成了牵线的傀儡，在既定的命运漩涡中沉沦，连挣扎一下都显得多余。

在我看来，《你们这些回魂尸——》是时间旅行题材的封印之作。时间旅行造就宿命的循环，把宿命的循环多次嵌套，形成极端效果。当然，这篇小说如果是由特德·姜来写，可能就会充满主人公无数次奔赴宿命、自觉成全宿命的凄美。

同样的逻辑，搭配不同的审美，就会形成迥异的故事。

关于时间旅行，有一个科幻故事《信条》必须提及。《信条》这部电影上映于 2020 年，是导演克里斯托弗·诺兰的用心之作。他试图在时间旅行的逻辑线上增加一种变化——时间倒流，从而使事件的逻辑发生了彻底逆转。不得不说，这是一种很有野心的想法，这部影片也的确给人耳目一新的感受。但时间倒流让整个故事的时间线被切割得支离破碎，观众也就很难看得明白。毕竟，如果一个故事呈现出纷繁复杂、难以明白的面貌，再自洽的逻辑也无法征服观众。所以在我看来，《你们这些回魂尸——》中的逻辑回路已经是一种极限，在这个极限上再增加复杂的"倒流"逻辑，很难再让读者认可。如果简单地归类，那么《信条》仍旧属于宿命论的范畴，已经发生的事情无法改变，所以主角会看到自己曾经经历过的事情在时间倒流的经历中再来一遍。人的思维天然习惯于顺时间流动，逆时间往往不适合讲故事，颠倒的因果律在大银幕上或许可以被称为一种奇观，在文字中则会变成一场灾难。所以，《信条》这个故事，大概只能作为时间旅行故事的一个特例存在。

人生不如意事常八九，时间旅行提供了一个重新来过的机会。你是愿意落入宿命论、成为一具"回魂尸"，还是选择从这个宇宙逃离，去追求幸福？每个人都可以有自己的选择，但我的选择，是留在一个无法进行时间旅行的世界里，拥抱自由意志。

威尔斯的《时间机器》是正向的时间流（从未来回到当下则是反向，但威尔斯避开了对反向时间流的讨论）。这种情况不会造成任何悖论，但却是一条不归路。它甚至不需要借助时间机器，利用相对论的解释或者冬眠的设想，都可以很简单地描述旅行的机制。严格意义上说，这类时间旅行其实是对相对论的一种验证，因为宇宙广大，很容易找到时间流逝极慢的区域所在，进入其中，就置身于天然的时间机器之中。

我比较喜欢这样的时间旅行，可以在广袤的宇宙中不断驰骋，直到时间的尽头。我自己的一篇小说《时空追缉》恰好就描述了这样一种时间机器，这大概也是作者自身的偏好反作用于作品的表现。

关于时间旅行，还有一类非常特殊的作品，如著名的电影《土拨鼠之日》。影片讲述了一个人被困在时间之中，不断循环，反复地度过同一天，以至于他对于这一天无比熟悉，了解该发生的每一件事。他利用这一点最大限度地为自己争取利益，包括但不限于金钱、美人、权力等。然而一天的日子总有极限，天长日久，日复一日，当所有的一切都被熟悉了，一个没有变化的世界便显得索然无味。当然，如果真的如此，这部电影也就无法进行下去。好在电影中设置了一个"挑战任务"——主人公无论如何，都无法得到心上人的爱情。最后他改弦易辙，不再利用自己重复时间的特权获得私利，而是致力于让镇上所有人都得益。后来，他越来越受市民的爱戴，而最后终于可以赢得心上人的爱情，而日复一日的时间循环也得以终结。

这一类时间循环完全不讲武德，它并不讲究其中的原因，主人公只是携带着无数次循环中积累的经验教训不断地重新来过。这种设定可以视为将主人公困在时间陷阱之中，但更像是一个游戏的不断读档重来。像《土拨鼠之日》这样的影片则直接冠以奇幻的标签，不再对时间循环的机制做出任何解释。而科幻电影《源代码》则是以科学试验的名义，直接把人的意识不断投射到一段时间内。如果一定要在这样的时间循环中放置一个科幻的解释，那么它仍旧会落入平行世界的窠臼：人们所做一切，只是让自己从一个世界跳入另一个世界，并没有在本质上改变世界。近些年中国的科幻作品中，宝树的《时间之墟》和祈祷君的《开端》都属于这个类型，也都获得了读者的认可，取得了很大的成功。

这一类科幻作品的最诱人之处，大概是回答了这么一个问题：如果时间可以重来，你想要怎样改变你的人生。有一百种人生，就有一百种遗憾，人生无法圆满，而时间旅行给了我们一个圆满的机会，这大概就是它长盛不衰的根源。这个类型，也一定如遥远的太空世界一样，永远处于不可抵达的幻想世界里，永远充满迷人的魅力。

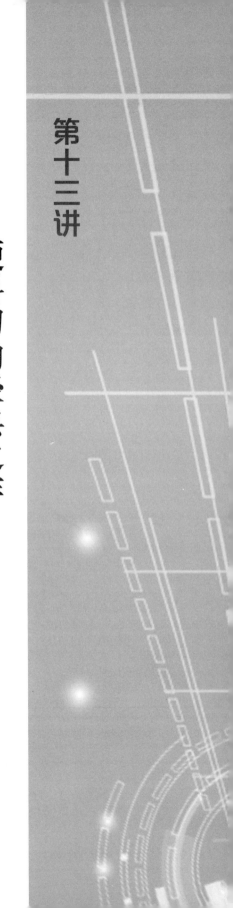

第十三讲

硬科幻的经典之作：
《2001太空漫游》

如果一定要且只能选择一部科幻作品推荐给读者，我会把自己的一票投给《2001 太空漫游》。

《2001 太空漫游》并不是阿瑟·克拉克一个人的作品，而是克拉克和著名导演斯坦利·库布里克共同讨论后分工合作的成果。克拉克负责撰写小说，而库布里克则负责拍摄电影，二者不存在改编与否的问题，彼此高度一致，应该看作是两人的共同作品。小说和电影都堪称经典，成为科幻领域的佳话。

如今，2001 年已经是过去时，然而《2001 太空漫游》这部作品，无论是小说还是电影，都毫不过时。它通篇洋溢着硬科幻特有的霸气——指点江山，谋划未来。

值得注意的是，许多科幻小说都存在严重的时效问题，其中的某些幻想可能会因科学技术的进步而显得幼稚可笑。例如，被誉为世界第一部科幻小说的《弗兰肯斯坦》，其中描述了用尸体拼凑怪物并通电使其成为生命体的荒谬情节，在今日看来已完全不合时宜，与科学现实格格不入。理性的读者会意识到其中的荒谬，从而降低了科幻小说带来的乐趣，将其仅视为猎奇小说。而在当今的科技条件下，弗兰肯斯坦式故事的进化版本会以各种形式出现，比如人工智能、人造人、基因改造人、机器人等。

而今天言之成理的科幻故事，或许在不久的将来也会因科技的进步而重蹈同样的命运，失去其科幻色彩，只剩下故事的价值。这对科幻经典而言绝非好事。科幻小说的价值，除去娱乐因素，就在于能够对人类的未来做出思考，这是科幻小说的核心价值所在，是价值体系皇冠上的明珠。一个科幻作家为社会所能提供的最大价值，也莫过于此。

阿瑟·克拉克通过《2001 太空漫游》成功做到了这一点。更难得的是，经过了 50 多年，这种魅力仍旧不衰。尽管乔治·奥威尔的《1984》和阿道司·赫胥黎的《美丽新世界》或许对现代社会更有警示意义，但《2001 太空漫游》所展现的魅力却是外向而积极的，这也是我最终选择推荐这部作品而非其他两部的原因。

用最简单的语言概括《2001 太空漫游》：它的核心是人类如何面对太空时代，如何面对人工智能，如何面对外星人。时至今日，这些问题仍旧是人类面对的重大议题，也就决定这部作品仍旧是经典。

人类如何面对太空时代？如果对地球的生命发展史有所了解，对太阳系的状况有所了解，必然会得出一个结论：为了自身的安全，人类必然要走向太空。因为宇宙广袤无垠，众多不确定的状态随时会发生，地球并不是一个安全的所在。把时间的尺度拉大往回看，生命自从寒武纪大爆发之后，经历了五次大灭绝。每一次大灭绝都会导致当时的绝大部分物种消亡，尤其是那些曾繁极一时的物种。灭绝的原因各异，包括火山爆发、温度骤降、温室效应、陨石撞击等。这些灾害又通常会带来持续十万年甚至百万年的极端灾害性天气。和过去的那些生物相比，人类文明已经有了较强的抵抗环境变化的能力，然而是否能经受住十万年乃至百万年极端气候的考验？按照目前的科技水准，可能性极小。举例来说，设想如果全球在两百年内封冻，人类该怎么应对？在最初的十年中，大部分人口就会被严寒和饥荒消灭，八十亿人口能幸存几十万就已属幸运。而这几十万幸存人口还只能躲藏在地下，依靠地热或者一些大型能源装置生存。这样的人类能否挺过一百万年迎来地球重新解冻，实在令人怀疑。上述假想还留有两百年的时间让人类有所行动，而有些灾难如陨石撞击地球或超级火山突然爆发，留给人类的反应时间几乎为零。

只要人类的全部生存基础都在地球上，曾经造成大灭绝的力量对人类而言仍旧是毁灭性的。为了整个物种能够在这种毁灭性灾害打击下延续，人类最自然的发展方向就是太空。只有当某一天，人类能够在太空中建设起大大小小的太空城，而且这些太空城能够自我维持，那时人类或许才可以宣称准备好了应付自然的大灾变。

只要人类怀揣着物种永续的雄心，太空永远是奋进的方向。与此形成对照的，是实际发展的停滞不前。美国在50多年前把宇航员送上了月球，但自此之后，人类的足迹便再未踏及那里。那个时代，人们在幻想火星殖民，但直到今天，我们也只是往火星发射过几颗微不足道的卫星，但我们仍旧在幻想火星殖民。人类航天事业的巅峰至今仍旧是阿波罗11号登月。从载人航天的角度来看，航天事业无疑陷入了大停滞。这种停滞，大概也是《2001太空漫游》仍旧具有超越时代魅力的原因之一。

然而，现实中前进的脚步再慢，也阻挡不了人类对太空的向往。《2001太空漫游》就是写给太空的一首抒情诗。这是《2001太空漫游》至今仍被视为经典的第一个原因。

《2001太空漫游》能成为科幻经典的第二个原因，是黑石。在故事里，黑石有具体的形态和功能，然而它的本质是一个象征物：它象征着远超人类的神秘力量。这让故事蒙上了一层神秘主义的色彩。这种神秘主义和科学结合在一起，就表现为拥有高超科技的外星人。阿瑟·克拉克有一句名言：任何高超的科技，初看起来都和魔法无疑。这句话用来形容黑石再恰当不过。《2001

太空漫游》的小说和电影几乎同时推出，虽然即便没有电影，黑石仍旧会有其价值，但是电影赋予了它直观的视觉形态，从而让它更容易成为象征物。一个拥有象征物的小说，往往拥有近乎宗教般的力量。如果真的存在一个崇拜黑石的教派，我一点也不会感到意外。相对于形形色色的迷信，崇信黑石和它背后的黑科技，显然要酷炫得多。

黑石在电影中是外星力量的象征。对于外星人这个话题，《2001 太空漫游》的表达是极为谦卑的。它承认地球文明在外星文明面前不堪一击，甚至连地球文明本身，都是在外星文明启示下的结果。我个人并不认为地球文明一定是落后的，这和我们对外星文明和宇宙本质的估计有关。如果宇宙的本质就是光速不可逾越，那么任何文明要进行星际旅行都是一件代价沉重的事情，甚至根本不可行。费米悖论提出了一个问题：如果宇宙中存在外星人，那么在悠长的岁月中，必然已经有外星人访问过地球并且留下痕迹，然而它们在哪里？《2001 太空漫游》对此的解释叫做"过于先进，无法展示"，外星人的科技太过高超，以至于我们无法发现它们。在故事中，当人类祖先受到启示后，外星人就离开了，把黑石埋在月球上，等待人类登月时才被发掘。这个处理既承认了外星人的先进，又提供了恰到好处的缓冲，让人类的发展并不完全依赖外星人，而凸显了人类的主动性。所以在《2001 太空漫游》这个故事中，人类对于外星人的态度是不卑不亢的。它在承认外星文明先进的同时，保留了人类的主体性，既没有目空一切，觉得人类宇宙第一，也不至于双膝跪倒，成为外星人的附属物。这种态度可以说是对待宇宙的正确之道。在广袤无边的宇宙面前，人类的确应该谦卑，因为广袤无垠就意味着其中蕴藏着大量不为人所知的力量，而人类自身在这种强大力量面前不值一提。然而谦卑不是跪倒，人类有自身的尊严和力量。对于一个科幻作品来说，这样的价值观最符合我的审美。

象征物往往可以成为影片的符号，甚至可以成为一种文化符号。但除了少数科幻爱好者的圈子，"黑石"这个符号并不广为人知。其中的原因，可能是在于后续作品的乏力。《2001 太空漫游》和《星球大战》这样的系列电影不同，它只有一部。或许当年电影上映的时候，黑石也曾风靡一时，然而多年过去，它也就慢慢沉寂了。假以时日，或许我们要像挖掘化石一般重新发掘它的价值。

对于黑石这个象征物，如果一定要说有什么不足，我认为是它过于严肃的气质。严肃的优点是可以让人崇拜，缺点就是难以流行。带着一块扁扁的长方形石头，这不像是一件有趣的事。与之对比，《星球大战》中力量的源泉是原力，原力的具象是光剑。光剑就比黑石有趣多了，所以常见许多粉丝拿着光剑相互比画，非粉丝也偶尔会参与进来，这就更容易在大众中流行。当然，有趣并不是《2001 太空漫游》这部作品想要表达的东西，黑石的简单冷酷就是对宇宙的直白描述：看似简单，其实深不见底，令人敬畏。

成功地描述了以黑石为象征的太空神秘力量，在人和宇宙的关系中保持了一种不卑不亢的态度，这是《2001 太空漫游》成为经典的第二个原因。

《2001 太空漫游》的第三个亮点是人工智能。

人工智能在当下是个火热的题材。或许现在的科幻小说中，十部中有八部都以人工智能为主题，剩下的两部中，也至少有一部还和人工智能有关（仅个人观感）。这种风潮，自然是科技发展的结果。然而在《2001 太空漫游》诞生的时代，人工智能并没有什么长足的发展，应用只存在于遐想之中。阿瑟·克拉克硬是凭着超凡的想象力创造出了哈尔这样的经典人工智能形象，水准之高，即便今天沉浸在人工智能风潮中的作者们也难以超越。

阿瑟·克拉克所设计的哈尔和人类的对抗，是一个范式，就像《弗兰肯斯坦》创造了一种人类和人造生命的对抗范式一样。哈尔遵从人类的指示，不同的指示发生了矛盾，导致了种种脱离正轨的行为。人类和人工智能的对抗，极少能超越这个范式。哈尔有着极其复杂的心理活动，这种心理活动通过曲折的情节表现出来，给人以深刻的印象。时至今日，也仍是一种教科书般的存在。近年大火的《流浪地球》系列电影中也有类似的对抗情节，借鉴致敬的意味明显，然而复杂性和曲折性远远不能及。

太空事业、神秘的外星生命以及人工智能，这三者共同构成了《2001 太空漫游》这部影片坚实的内容基础。然而，仅仅包含这些内容并不意味着能够准确地描述它们，并将它们融入一个有趣的故事之中。这样的处理也并不能保证其能成为一部硬科幻作品。然而，《2001 太空漫游》却是一部名副其实的硬科幻作品。尽管我并不倾向于用"软"和"硬"来区分科幻小说，因为优秀的科幻作品往往具备多方面的特点。但出于交流的需要，当我们需要简明扼要地介绍《2001 太空漫游》这类作品时，用"硬科幻"来形容却是一个最简洁有力的方式。这个词汇凸显了作品的质感。

《2001 太空漫游》中对宇宙和太空的描述，精确而细致，无法不让人信服。小说中的太空旅行计划被描绘得如同真实存在一般，如果将其交给航天专家，他们能制定出的计划或许也就如此。太阳系中各行星和卫星的相对位置关系是一个早已为人所知的事实，而支配它们运动的唯一定律，就是万有引力。这一定律所蕴藏的知识是简单的，但其中的细节却如同潜藏的魔鬼般复杂多变。在万有引力的作用下，如何飞往木星？如何利用引力弹弓效应加速？在旅途中可能会遭遇哪些意外情况？在极端情况下又会是怎样的情形？一个缺乏科学素养的作者，是无法描绘出这些令人信服的细节的。而阿瑟·克拉克在这方面的造诣颇深，他的精准描述赋予了这部小说真正的硬科幻韵味。也正因如此，他在美国航空航天局（NASA）拥有众多的粉丝，甚至在某种程度上被一些专家视为精神导师。科研技术人员在自己的领域内通常都拥有一定的自豪感，能够得到他们的钦佩并不容易。当时，美国航空航天局每年都会向阿瑟·克拉克发贺电，介绍航天项目的进展，这足以证明阿瑟·克拉克在科幻领域的卓越成就。而阿瑟·克拉克能以硬科幻大师的身份名垂青史，《2001 太空漫游》在其中具有一锤定音的作用。

同样，导演库布里克的功力也是毋庸置疑的。他所拍摄的场景，甚至比阿瑟·克拉克在小说中的描述更让人印象深刻。例如，当猿人将骨头抛向空中，镜头随着骨头的旋转逐渐过渡到外太空，最终呈现出一个缓缓旋转的空间站。这一镜头语言的经典程度让我时时刻刻记忆犹新。它象征着人类从非洲起源历经演化，形成强大的文明，最终迈向太空的壮丽历程。这种深邃的概念，通过镜头语言的巧妙运用得以直观而生动地展现，文字难以企及。

在太空场景中，库布里克同样展现了他对细节的苛求。飞船伴着圆舞曲的旋律旋转，与太空城的旋转相匹配，营造出一种相对静止的视觉效果。这种物理上的完美呈现，营造出强烈的真实感。相比之下，一般的科幻电影可能会采用更简单的拍摄手法，如让飞船直接登陆太空城，就像一架飞机在机场降落一样。虽然这并不会影响故事发展，但却难以达到同样的质感与深度。电影可以直接向观众传达画面信息，细节就包含在画面中，这些细节本身是否经得起推敲，会成为一部电影是否能够超越时光、成为经典的关键。

从技术分析的角度来看，上述几点已足以证明《2001太空漫游》的优秀。然而，我还想提及一点，那就是作品中的中国元素。

故事发生在美苏争霸的大背景下，作为一部美国作品，美国人与苏联人的角色自不待言。而中国人虽戏份不多，却十分惊险，甚至差点后来居上，反客为主，成为胜利者。

故事中，不同于美国人的规划，中国人采用了一条巧妙的技术路线：较为轻便的飞船并未携带大量燃料，而是利用一半的燃料直接飞向了木卫二[①]。木卫二拥有太阳系中最大的海洋，中国的计划是利用木卫二上的水资源来补充燃料，进而飞向最终目的地。这一计划原本已接近成功，却因木卫二上的生命被惊扰而功败垂成。然而，阿瑟·克拉克仍对中国人的勤劳与智慧表示了由衷的敬意。中国人的飞船被命名为"钱"号，以纪念伟大的科学家钱学森。

在那个时代，中国尚处于封闭状态，在西方眼中充满神秘色彩。以中国当时的国力和科技水平，完全没有在太空争雄的能力。然而，阿瑟·克拉克却仍旧在小说中为中国人留下了位置。这不仅激发了我的民族自豪感，也证明了阿瑟·克拉克对于中国潜力的敏锐直觉。

这可能是《2001太空漫游》给我的一个特别礼物，因此我对阿瑟克拉克心存感激。鸦片战争后，中国人的一种精神痼疾是面

---

① 木星的第四大卫星，在伽利略发现的卫星中离木星第二近。

对西方世界容易自卑，而作为自卑的反面，有时候又盲目排外。我相信，这种精神痼疾，随着中国经济、科技、文化的发展，会慢慢不治而愈。然而身处其中的人们，需要对此有一个正确的认识。我们的确落后，但是我们不甘人后。不卑不亢才是应有的态度，默默耕耘、奋力追赶才是正确的做法，长风破浪会有时，直挂云帆济沧海，这才是我们的愿景。星辰大海的旅程，对于地球上的文明而言，才刚刚开始，没有任何理由认为我们会在这一场竞赛中落后。

未来属于人类命运共同体，而中国人，在其中可以贡献许多。这或许和《2001 太空漫游》没有直接关联，然而的确是我阅读这本小说之后所感，也一并分享给大家。

第十四讲

黑暗美学的极致：《异形》

《异形》大概是最成功的科幻系列电影之一。它所塑造的外星怪物银幕形象，成了很多恐怖场景的灵感来源，更是黑暗世界的象征。

若将其与另一科幻巨作《星球大战》相比较，我们不难发现两者在描绘黑暗面时的显著差异。《星球大战》中的黑暗面是抽象的、强有力的，甚至带有某种神秘的吸引力。即便是内心充满光明的人，如果对力量过于渴望，也难免受其影响。这种对黑暗面的诠释已经比较接近现代心理学，揭示了善恶之间并非有着绝对的界限。

相对而言，《异形》所展现的黑暗面则显得更为具体，带有一种本质上的邪恶。可以说，这是一种具有一定绝对主义的善恶观。人类和异形天然对立，犹如人类和魔鬼的对立，人们甚至无法寻找一条妥协的道路。类似的情形在另一部伟大作品《指环王》中也有所体现。在面对绝对的善恶二元对立时，个人在其间虽然也有一定的选择空间，但并不太多。这种二元对立的善恶观深深根植于西方人的潜意识中，或许与其宗教传统有关。上帝与撒旦的对立，以及由此衍生出的宗教故事，几乎是一种文化底色。

而在中国人的精神世界中，这种绝对的善恶观却并不占据主导地位。中国人更倾向于认为世界整体上是友好的，滋养万物，浑然一体；或者是中立的，"天地不仁，以万物为刍狗"。即便有纷乱，也往往只被视为偶然的劫难和失序，而非某个可以和绝对正义相匹敌的黑暗势力蓄意而为。例如，在中国的神话小说《西

游记》和《封神演义》中，我们很难找到与绝对正义对立的绝
对黑暗势力，其中的角色都认可同一种秩序，基于类似的逻辑行
事，他们之间的矛盾多源于对时势的不同理解和对力量的不同估
计，再夹杂一些情感纠葛。当然，随着现在对神话的再解读，也
出现了一些光明与黑暗势不两立的设定，但这显然是受到西方文
化影响的产物，而非中国原生思维的体现。

　　《异形》中的善恶对立观念，也深刻影响了其角色形象的设
计。概念设计师在设计异形形象时，大概力求展现其邪恶本质，
使其在外形上就要天然让人心生恐怖、畏惧和恶心。其醒目的尖
牙利齿、节肢动物般的坚硬外骨骼、满口黏液以及强酸性体液，
再加上其狡猾高智商的特性，使得异形成了一个几乎无法转化为
无害友善生物的形象。毕竟，人们对这样的形象从生理上就会产
生反感，心理上也无法亲近。可以说，这样的形象设计完美符合
邪恶生物的概念，是不可多得的成功案例。

　　除了异形本体，异形的孵化体设计也具有特色。将某种生物
麻醉后作为子代的营养源，这种设想明显借鉴了生物界的现象，
例如黄蜂麻醉螳螂后让其在活着的状态下成为幼虫的食物，这是
经典的生物复杂本能案例。将这种麻醉后进行食用的方式应用在
人类身上，据我所知，应该是自《异形》开始。这也加剧了异形
对人类的不友好形象。人类本能地讨厌寄生生物，而这样的寄生
生物居然采用破腔而出的暴力方式终结寄主的生命，自然让人们
加倍厌恶。我记得第一次看《异形》时，当看到抱脸虫麻醉人体
时，就油然而生一种恶感，混杂着恐惧和厌恶，至今回想起来仍
旧印象深刻。

　　有了极具特色的形象设计，《异形》的拍摄手法也特别值得
一提。整个电影系列巧妙利用逼仄的空间与幽暗的光线，通过动

荡的镜头语言营造出一种强烈的紧迫感。在这种环境下，黑暗生物的出现更是具有天然的吓人属性，将恐怖氛围渲染得淋漓尽致。可以说，电影中的形象设计与拍摄手法配合得十分完美。据说，黑暗环境的运用也有助于节省特效费用，因为许多细节无须渲染得过分清晰。尽管这可能是电影拍摄手法背后的驱动因素之一，但无论这是否为根本原因，《异形》中的黑暗摄影氛围确实对营造恐怖氛围起到了恰到好处的作用。如果关于经费的传闻属实，那么这无疑是扬长避短的典型范例。

此外有趣的一点，电影将故事背景设定在外太空和飞船之上，显然是按照"硬科幻"的标准进行场景设计的。例如，影片开头的飞船在太空中孤独飞行，飞船的内部场景充满重工业风格，甚至连输入界面都并非 Window 风格，而是采用了类似命令行的 DOS 风格，与现代科幻片中飞船内部简洁明快的简约风格截然不同。这种设计不仅展现了时代特色，也体现了科幻想象的线性放大特点，即对于超出视野之外的事物，人们的想象往往受限。在这一点上，《异形》相较于《2001 太空漫游》略显不足。后者在展现未来科技时，甚至出现了类似于平板电脑的先进设备。不过，这仅是旁枝末节，并不影响我们对《异形》精彩之处的欣赏。

在人物登场之前，电影中有一处细节处理也颇为用心：冬眠舱门打开时，挂在舱门边的白大褂飘动了一下。其原因就是飞船内外气压有别，当舱门打开时，压差导致气流产生，气流则吹动了白大褂。这一细节设置甚至不会被普通观众察觉，但却仍被拍摄呈现了出来。影片通过这一细节传达了一种概念：这里所呈现的飞船是真实而考究的，所讲述的故事也是真实而可能发生的。最终，女主人公利用大气压差将异形吹出舱外，这一情节恰好与之前的白大褂飘动镜头相呼应，形成了完整的叙事闭环。

在异形出现之前，电影营造了一种典型的异星探索氛围。降落平台、大气分析、行走装备等细节设计都突出了其硬科幻属性，打造出一种真实的未来感。而搭载异形的飞船设计也同样出色：怪异扭曲的线条就像是某种生物的内脏；穿着宇航服的人在异形飞船中行走，呼吸间冒出白气，又与先前所描述的低温环境形成对照。

总的来说，《异形》导演和编辑在营造未来科技感方面做足了铺垫。考虑到该影片上映于 1979 年，它无疑是当时对未来空间飞行的一次畅想，而异形的生物体设计则展现了对终极黑暗生物的畅想。

这种风格在 1986 年的《异形 2》中得到了完美的传承，其导演为詹姆斯·卡梅隆。

时隔 57 载，女主人公终于获救，然而预计只需要六个月的漂泊却整整耗费了 57 年，这无疑凸显了太空旅行所带来的困扰。尽管影片的核心并非聚焦于这一层面，但人类面对太空的渺小与无力感却得到了深刻的体现。

令人扼腕的是，当女主人公历经 57 年重返地球时，她年仅 11 岁的女儿却已离世。

《异形 2》亦展现了卡梅隆对重型机械的钟爱。被派遣去拯救殖民者的小分队，是一支重型机械突击队。这种场景在后来的《阿凡达》中亦有所体现。相较于第一部中被动挨打的人类，这一部中的人类展现出了强悍的一面。这种强悍建立在机械工业的基础之上，充分展现了卡梅隆所钟爱的硬汉风格，也是工业时代的余响。毕竟，一个没有经历过现代大工业洗礼的人，是难以刻画出如此震撼人心的场景的。卡梅隆成长于美国的大工业时代，这一背景无疑对他的创作产生了深远的影响。可以说，在这一部作品中，导演自身的审美与整个系列的审美完美结合，形成了浑然一体的艺术效果。

影片的结局，异形再次被吹入无尽的太空，与第一部的结尾遥相呼应，形成了一种巧妙的闭环。

而《异形3》则又带来了一个巨大的转折。在《异形2》中，女主人公拼尽全力救出的女孩，竟成了《异形3》的故事背景。若将这一转折置于单部影片中，观众或许难以接受其灰暗的基调。然而，在续作的架构下，这种转折却显得合情合理。毕竟，在《异形2》的结尾，正义的一方取得了胜利，这无疑让观众十分满意。然而，仔细审视剧情设置，我们不难发现，其实《异形2》似乎并未为《异形3》留下足够的空间。在《异形2》中，异形女王产卵需通过输卵管，而为了追击女主人公，异形女王不惜切断输卵管。此外，飞船上的时间紧迫，异形女王在短暂的打斗后便被抛出飞船。所以，无论是从怪物的设计还是剧情时间的角度，都不足以给《异形3》留下空间。

然而，《异形3》还是通过大胆的转折展开了新的故事篇章：异形入侵飞船，寄生在船员身上，导致飞船失事，救生舱坠落至囚犯基地。这一故事不仅扩展了异形的概念，还进一步丰富了其家族体系。例如，一只从牛身上孵化的异形，演变成了四足异形。大概自此，异形的整个家族概念基本成型，而其能够吸收寄主基因的设定也潜藏其中。

《异形3》于1992年上映，我并不认为在拍摄《异形2》时，导演便已经产生了《异形3》中才出现的种种构想。因此，这一系列作品更像是在不断的尝试与探索中逐步演化的结果。

然而，《异形3》的评分却不及《异形2》。其中一个重要的原因，便在于其高潮部分的处理显得较为凌乱。囚犯们围剿异形的设计，由于缺乏明确的逻辑线索，使得观众难以理解其行动意图，其中一大段"地洞追逐"的情节，反复而且意义不明。这让整个情节因此变得沉闷。相比之下，《异形 2》中女主人公返回救援小女孩的段落，由于逻辑路线清晰、特殊标记明确，使得观众能够轻松跟随其步伐。而在《异形 3》中，通道名称的频繁切换以及异形的神出鬼没，使得观众无法理解人物在执行怎样的计划，难以把握整体情节的发展，只能看到一片混乱的场面。这种追杀桥段在惊悚故事中并不罕见，但如何保持整体紧张节奏的同时又不失逻辑严谨性，确实是对导演的一大考验。大部分惊悚电影到了这种环节往往都会陷入混乱，使得观众在紧张的气氛中仍感到一头雾水。

《异形 3》的结局震撼人心，异形在遭遇滚烫铁水与冷水喷淋的双重打击后，无法承受骤热骤冷的极端变化，最终爆裂而亡。主人公亦投身于铁水之中，以自己的生命为代价，摧毁了体内的异形胚胎。

倘若此三部曲至此画上句号，无疑是一个完美的系列。悲壮的故事拥有一个冷酷的结局，让人感慨万分。然而，由于《异形》系列所蕴含的商业价值，它注定要被继续挖掘。

1997 年，《异形 4》上映。虽然整体情境依旧围绕着太空飞船中令人生畏的怪物展开，但与前三部相比，这一部的异形似乎开始放飞自我。由于前作中的女主人公已经死亡，本片借助基因工程让她复活，并让她继承了二百年前母体的记忆。同时，新的异形形态也逐渐向人类演化。可以说，《异形 4》已经偏离了前三部所奠定的轨道，既可以说是创新尝试，也可以说是失去了自身神秘而一贯的特质。通过这一部作品，此后的整个异形系列的世界观才初露端倪，但整个系列也因此失去了前三部那种扎实的硬科幻感，逐渐向神话化方向发展。

《异形4》的结尾再次回归了系列的老传统，利用空气压差消灭了异形。这一次的手法更为极端，仅依靠一个小洞便利用强大的压力差将异形压缩成一团血肉，从小孔中飞出。这一情节的可行性令人怀疑。毕竟，飞船内外的气压差最大也仅有一个大气压，要想依靠这样的压力差将异形这种强横的怪物压缩成一团血肉，有些过于夸张。更合理的情况可能是，异形被大气压压得动弹不得。或许导演既想继承传统又想有所创新，于是才有了这一小孔挤出的情节。

不得不说，有些事物在不断重复之后，便成了刻板印象。利用飞船气压差消灭怪物的手法，已然成为《异形》系列屏幕形象之外的标志性桥段。

随后的《异形》前传《普罗米修斯》则补足了异形的起源部分。然而，这种起源的描述更接近于神话传说，将科学技术神化后赋予了无所不能的力量。一个古老的工程师文明携带黑水来到地球，引发了地球的生命演化，同时黑水也触发了异形的诞生。这已经成为异形起源的官方叙事。然而，在我看来，这种叙事看似提升了异形整体的规格，却将其漫画化、神话化，降低了原本严肃叙事的成分。相比之下，《异形》的前三部作品则完全秉承了一种严肃叙事的风格，试图展现的是一种"可能在宇宙的某个角落里存在的恐怖超级生命"。

茫茫宇宙如同一块深邃无垠的黑幕，掩藏着无数尚未揭示的秘密。其中，天文现象无疑是其中最主要的部分，恐怖的外星生命则提供了无尽的想象空间。严肃叙事的特点在于其严格的现实逻辑，使得故事更具可信度。相比之下，漫画化和神话化则是一种更为自由的表达形式，可以被视为天马行空的想象，也可能被视为荒诞不经的虚构。尽管严肃叙事的难度较高，但若能成功叙述，其经典地位便不言而喻，尤其在科幻领域。

《异形》系列的前三部堪称不折不扣的硬科幻叙事。它们对于一些极难解释的问题避而不谈，如异形的强酸性血液如何容纳在生物体内，以及异形的起源之谜等。然而，整体上，这些作品在维持惊悚氛围的同时，尊重了科学基础。然而，《异形4》是一个转折点，到《普罗米修斯》已经转入科技神话的范畴。至于《异形大战铁血战士》这类影片，则更多地属于商业操作，缺乏深刻的思想内涵。

据传，卡梅隆曾有意执导《异形》系列的第五部，并已开始创作剧本。然而，在20世纪福克斯电影公司决定推出《异形大战铁血战士》后，他就停止了所有相关工作。卡梅隆认为，这一举动破坏了《异形》系列后续的潜力，如同杀鸡取卵。我深表赞同，在所有相关的故事中，《异形大战铁血战士》无疑是其中最缺乏格调的一个，它纯粹以感官刺激为主。将这个故事融入《异形》系列中，在丰富故事角度上是可行的，但从树立科幻经典的角度来看却是失败的。对于像卡梅隆这样有追求的导演而言，肯定不愿让自己与这种自毁形象的事情联系在一起。

我个人的科幻审美观更倾向于那些既具有扎实科学基础又富有逻辑美感的硬科幻作品。《异形》系列的前三部就非常符合这一标准。再考虑到它们上映的时间（第一部于1979年上映），不得不感叹好莱坞在科幻电影领域的超前意识。近日，我重温了这一系列影片，发现它们依然不过时，具备满满的科幻质感。

然而，随着系列的延伸，一些问题也逐渐浮现。其中最为突出的是缺乏新颖的概念，以及概念阐述的难度日益增大。这使得后续作品不得不越来越依赖于玄幻的设定，从而降低了整体的品质。作为观众，我们虽然无法苛求制片公司对商业行为严格把关，但可以对这些商业行为的结果进行评价。对于创作者而言，可以从这些商业成功的作品中汲取经验，同时也要以此为鉴，警惕自己的作品陷入过于玄奇的温柔陷阱里。

最后，总结一下我对《异形》系列影片的几点看法，其具有三个特色：

第一，《异形》是极为成功的系列电影，成功塑造了典型的黑暗生物形象。

第二，该系列前三部作品具有强烈的硬科幻质感，但后续作品逐渐减弱了这种特质，而世界观也愈发庞大，愈发向神话化的方向演化。

第三，该系列的世界观存在善恶的绝对对立，深受西方善恶二元论思想影响，呈现出典型的西方传统思维特征。

银幕经典背后，除了典型的形象塑造，更重要的是一种独特的思维方式。西方的思维方式孕育了西方的经典，期待中国的思维方式也能催生属于我们自己的经典。

第十五讲

光荣与梦想：21世纪的
中国科幻电影

讲过了两部经典的科幻电影系列，不妨再谈一谈中国科幻电影。

在相当长一段时间内，中国科幻电影这一类型品类在影视界中几乎处于缺失状态。然而，回溯至20世纪八九十年代，我们仍能找到如《珊瑚岛上的死光》和《霹雳贝贝》等作品，它们虽数量稀少，却可以被划入科幻作品的范畴。但整体而论，中国科幻影视剧的存在感几乎可以忽略不计。

进入21世纪后，这一局面逐渐得以改观。背后的原因并不难理解。随着中国的迅速发展，大国重器不断涌现，科技领域高歌猛进。同时，具备基本科学素养的人口规模也在不断扩大。最直观的数据显示，2000年中国拥有大专以上学历的人口仅占约2%，而到了2020年，这一比例已接近20%。这意味着，在短短20年间，有近三亿人口获得了大专及其以上学历，他们为科幻影视提供了坚实的观众基础。毕竟，虽然文艺传播的最高境界是雅俗共赏、老少咸宜，但科幻这一品类对于科学基本概念的了解确实设置了一定的门槛。因此，受过高等教育的人口数量可以视为科幻影视群众基础的重要指标。

与此同时，在这二三十年中成长起来的新一代影视人，深受西方特别是美国科幻文化的熏陶，也天然具备拥抱科幻文化的心态。

过去，当我们谈论科幻电影时，常常会提及一个词——"违和感"。这种感觉往往源于当中国人出现在科幻电影中时，很容易让人产生出戏的感觉。似乎拯救地球、拯救人类的重任总是由美国人来承担，而中国人最多只能扮演一些边缘角色。这种违和感既有技术层面的原因，因为当时中国电影工业的制作技术与好莱坞相比确实存在差距，但更多的是心理因素在作祟。一个尚未解决温饱问题的国家，其国民对于外星人和拯救地球的幻想似乎超出了他们的心理认知范畴。

然而，随着中国国力的逐渐增强，这种心理基础发生了深刻的变化。特别是随着探月工程、火星探索、北斗导航、FAST 望远镜等大国重器的成功发展，中国在面对世界时信心逐渐变得坚定。时至今日，即便是制作相对粗糙的网络大电影，虽然特效看上去不够真实、表演略显浮夸，甚至情节智商有时令人担忧，但人们已经很少再提及那种违和感了。因为中国已经不仅仅站起来了，更是走到了世界前列。在这样的大背景下，科幻作品中常见的大场面、前沿问题以及拯救人类的情节自然而然地落在了中国人的面前，而不再引发心理上的自动怀疑或违和感。

虽然当前世界局势错综复杂，中国的发展之路注定充满波折，但既然我们已经走到了世界科技的前沿，国民心理就不会再回到那种"违和"的状态。对于未来中国制造的科幻大场面，我们也将欣然接受。

这便是中国科幻影视在 21 世纪获得发展的基本背景。

从世界科幻发展的脉络来看，科幻最初以文学的形式呈现，随后才逐渐发展到影视领域。这种演变与电影技术的发展紧密相关，毕竟电影的诞生晚于印刷术，因此科幻影视的兴起自然落后于科幻文学。然而，科幻影视一旦开始崭露头角，便展现出强大的生命力，以至于超越科幻文学，成为大众接触科幻文化的最主要途径。尽管科幻概念的源头或许可以追溯到科幻小说，但其在大众中的广泛传播则主要归功于电影的贡献。以国内最受瞩目的科幻电影《流浪地球》为例，这篇小说在 2000 年发表后，并未引起广泛关注。作者刘慈欣凭借《三体》获得了世界级声誉之后，以《流浪地球》为名的小说集销量也并不可观。直到电影版的火爆上映，才使其成为一个爆发性的话题和 IP。

自 20 世纪 90 年代起，中国的科幻文学持续发展，而科幻影视的发力则大约始于 21 世纪的最初 10 年。这是一个循序渐进的过程，起初悄然出现的多是所谓的软科幻作品。例如，一些涉及时光穿越的影片，如果不是借助月光宝盒之类的宝物，那么就要借助科幻概念来构建时空穿梭的道具。又如电影《被光抓走的人》，其开场便设定一道光束带走了许多人，这一设定充满科幻色彩，尽管也可以被解读为奇幻元素，但发生在真实地球上的故事背景使科幻解释较之奇幻更具说服力。这些大电影虽未明确标榜自己为科幻片，但其中蕴含的科幻元素无疑是对大众文化的一次深刻渗透。

2019 年上映的《疯狂的外星人》是宁浩导演的一部佳作，虽然该片改编自刘慈欣的《乡村教师》，但在影片中除了有外星人，几乎难以觅得原著的影子。因此这部影片可以算是一部不折不扣的原创剧本电影。它展现了科幻如何与其他类型电影相融合。宁浩导演擅长的黑色幽默在片中得以淋漓尽致地展现，同时融入了浓郁的中国市井气息。尽管该片的票房并不及同期的《流浪地球》，但其艺术成就却不容忽视，堪称一部精品之作。

2021 年，我的小说《移魂有术》被改编为电影《缉魂》上映。原小说以悬疑为主线，涉及对人类大脑乃至记忆和意识的复制等科幻情节。然而，在电影的宣发过程中，并不强调其科幻属性，而是主打悬疑和刑侦元素。

2022 年上映的《独行月球》则是一部科幻喜剧片。影片在展现荒诞搞笑情节的同时，也不乏科幻特有的细节描写：月球上的奔跑、日升日落、火箭发射以及地球上的灯火……中国人在月球上的活动场景不仅毫无违和感，还显得理所当然。

这些成功的科幻片都是科幻与其他类型电影结合的典范之作。其中，《流浪地球》无疑是最为引人注目的代表作。

《流浪地球》无疑是中国电影史上的里程碑作品，它不仅是一部纯正的科幻电影，更是触及了长久以来被好莱坞所垄断的"拯救世界"这一主题。其实《流浪地球》本身的故事存在一些值得商榷之处。举例来说，几年过去，恐怕能清晰记得《流浪地球》中年轻主演的观众已寥寥无几。我甚至怀疑，是否有很多人还能回忆起这位年轻人在影片故事中所起到的作用。大家普遍的记忆，似乎更多地停留在吴京身上，以及那场震撼人心的"饱和式救援"。

从观影体验来说，影片的前后部分带给观众截然不同的感受。前半部分宛如一部青春片，聚焦于年轻人的叛逆与成长；而后半部分则真正展现了《流浪地球》的魅力所在——危机之下人类如何克服重重困难拯救地球。这无疑是影片最为引人入胜的部分。导演显然试图将人物的成长与拯救危机的任务融为一体，但遗憾的是，吴京的出色表现使得影片主要的高光时刻集中在他身上，而人物的成长线则变成辅线，主次关系在一定程度上发生了颠倒。

尽管《流浪地球》在票房上超越了《疯狂的外星人》，成为一部现象级的作品，但若从艺术的角度进行审视，《疯狂的外星人》或许在叙事和人物塑造上更胜一筹。然而，《流浪地球》的意义在于它展现了中国人对于站在世界前沿的渴望，以及对于自身技术能力的自信与展示，从而引发了更为广泛的共鸣。

2023 年，《流浪地球 2》与《满江红》两部影片的交锋也颇为引人关注。与《流浪地球》当年反超《疯狂的外星人》成为票房冠军不同，《流浪地球 2》在票房上并未能战胜《满江红》，这无疑是一个遗憾。然而，票房并非衡量一部影片历史地位的唯一标准。《满江红》作为一部融合历史悬疑与喜剧元素的影片，适合普罗大众的口味，但看过后并不会给人留下特别深刻的印象。很难想象未来的电影人会说："我的这部电影，是向《满江红》致敬的。"但完全可以想象，将来的科幻大片导演会承认《流浪地球》系列电影对他的启发和激励。

相较于 2019 年的《流浪地球》,《流浪地球 2》在制作技术上更为成熟。影片中的特效不仅想象力丰富，而且呈现效果也更为出色。特别是一些概念设计，如机器狗、太空电梯、月球基地等，都展现出了极高的概念设计水平。这是中国电影工业长期积累的结果，并在《流浪地球 2》中得以开花结果。此外，郭帆导演也开始设置培训营，积极推动其团队经验在影视圈中传播，这无疑为未来中国科幻电影带来更多的人才储备，创造更多的机会。

因此，对于中国科幻电影的未来，我满怀期待。

当中国影视界开始在科幻题材上发力，科幻电影与科幻文学之间的关系是否会发生微妙的变化?

电影是一门艺术，其制作过程复杂而多元化，需要一个团队合作完成；而文学则是单一的文字形态。这就决定了影视作品的产生比文学作品更困难。这种困难挑战并非指思想高深或社会价值，而是指制作过程的复杂性。制作一部影视作品的难度和成本远高于撰写一本小说，因此好的内容更容易在文学领域首先取得成功。文学更容易探索一些更为前沿、更富有探索性的话题，而科幻正是这样一种话题。

中国的科幻文学与科幻影视相比展现出领先状态。《三体》系列作品已经拥有世界级的影响力。然而，我们却很少有科幻影视作品能够达到同样的世界级影响力。

如果我们回头去看，可以发现，在过去的 30 多年里，中国科幻文学积累了大量的优秀作品，形成了一个丰富的故事宝库。然而，相比之下，中国的科幻影视在这方面的发展积累较少，尤其可以驾驭科幻题材的导演和编剧在影视圈中是稀缺的。长期以来，科幻片似乎只与西方发达国家相关，甚至连中国人出现在科幻电影中都显得生硬，缺乏真实感。这可能与中国电影产业的发展不够成熟有关，因为科幻片的制作不仅仅需要科幻故事，还需要大量的特效和拍摄技术。在这方面，中国的影视行业相对于西方同行来说还有较大的差距。

然而，情况正在发生改变。在过去的十多年里，中国的影视拍摄能力和特效能力飞速发展。许多业内人士普遍认为，从技术上来说，中国的特效和拍摄能力已经可与好莱坞相媲美，但仍然缺乏电影工业中项目管理方面的人才，即能够整合整个工业链条的人才。我相信这类人才将会很快涌现。毕竟，市场的需求在那里，年轻一代的成长在那里。

因此，我个人对中国科幻文学影视化抱有非常积极的态度。随着影视行业的关注重点逐渐转向科幻，最快速且稳妥的方法就是从既有的故事库中选择优秀作品进行改编。尽管这可能不会成为常态，因为影视产业的人才培养还会涌现出许多具有原创能力的导演和编剧，他们会直接创作原创剧本而非改编小说。据说，在好莱坞，原创剧本和改编剧本的比例大约为 4∶1。原创故事会占据大部分，改编的只是一小部分。

我相信未来的中国电影产业也会呈现类似的情况。原创剧本将占据主流地位。然而，这需要一定的时间，也许需要再过五年或十年。在这个过渡期内，中国的科幻影视仍会从科幻小说中获取大量故事元素。例如电影《流浪地球》就是改编自小说。我了解到的立项科幻影视项目中，也有很多是基于文学作品改编而来的。

科幻小说改编的另一个不可忽视的渠道是动画。科幻与动画形式天然契合，因为科幻展示的场景常常是非日常的，用实拍或特效来展示将会带来高昂的成本，而动画的成本相对可控。此外，动画能够充分展现创作者的想象力，小到原子世界，大到宇宙万物，动画都能够生动描绘，这让科幻作品的展示拥有了不受控制的舞台。同时，动画也是影响年轻一代最重要的媒介。无论是文学还是影视，今天的年轻人将是未来的主导力量。他们更加接受科幻文化的熏陶，也更有可能在将来从事科幻创作。因此，对于科幻作品的动画改编也应该获得重视。不仅仅是长篇番剧，短篇故事的集合同样可以传达一个主题，产生广泛的传播效应。例如，网飞（Netflix）的《爱、死亡和机器人》系列便是一个很好的例子。我也非常期待中国的动画人能够创作出类似甚至超越它的科幻短片集合。

时代在召唤，希望在前。作为作者，我非常期待在中国科幻影视的浪潮中贡献出自己微薄的力量。同时也祝愿与我同为写作者的朋友们能够创作出最优秀的作品，并找到适合的影视化途径，能够在更广范围内传播科幻梦想。

第十六讲

太空神秘主义——致我们永远
无法抵达的未来

太空

神秘主义，我想以此词来描述科学时代人类理性对待外星人的态度。

科学的光照亮人间，神的光便消失了。然而人类依旧期待着某种神秘的事物，某种至高力量，某种绝对真理。而外星人，正好符合这种期待。

物理学家费米曾问："他们在哪里？"

如果宇宙的年龄果真已有 140 亿年，且广袤太空中有着无数适宜生命生存的星球，那么理应已有某些外星文明早已完成了科技演化，成为星际航行的先驱。他们本应早已降临地球。然而，地球上并未发现任何确凿的外星文明痕迹，所有冠以外星人名头的痕迹，要么是人为伪造，要么是误解所致。所以，他们究竟在哪里？

这一被称为"费米悖论"的科学难题，引发了无数思考与猜想。在众多可能的答案中，有两个尤为引人关注。

第一种可能是，物理限制使得星际旅行只是一种不切实际的奢望。光速是宇宙中的极限，而人类的极限速度远远低于此。目前探测器"旅行者 1 号"是飞行最远的人造飞行器，其抵达太阳系边缘的速度约为每秒 17 千米。尽管对于人造飞行器来说，这是相当快的速度，但在宇宙中却微不足道，甚至不及地球平均每秒 30 千米的公转速度。距离我们最近的恒星系比邻星，与我们相距约 4.22 光年，这一距离换算成千米则是一个天文数字——40 万亿千米。跨越如此遥远的距离所需的时间远远超过生命体能够承受的范围，因此变得毫无意义。从宇宙的角度来看，人类只是生活在太阳系中的微生物，而其他智慧生命也很可能如此，就像一粒被封闭在星系泡泡中的尘埃，无力逃离。

我认为这是费米悖论所有可能的答案中，正确概率最高的一个。这个答案假设最为简单，无须借助其他任何假设就能回答费米悖论。然而，这恰恰是我们最不愿意看到的景象。银河系中大约有3000亿颗恒星，而太阳只是其中普普通通的一颗。人类连离开太阳系都无比艰难，更不用说畅游银河了。而在银河系之外，还有无数的星系。拉尼亚凯亚超星系团如同一团轻柔的羽毛，银河系在这个超星系团中只是羽毛末梢的一点微尘。人类相对于地球微不足道，地球相对于太阳系微不足道，太阳系相对于银河系微不足道，银河系相对于拉尼亚凯亚超星系团亦微不足道。如果真的存在任何智慧生命都无法脱离存身的星系，那么宇宙的布局确实足够残酷。但愿这个答案并非真相，真诚希望如此。

第二种可能是，智慧生命的发展并不像我们通常认为的那样普遍。也许人类文明就是银河系中最先进的文明之一，或者甚至是最先进的。在这种情况下，这些先进的文明之间无法接触的原因可能是它们需要经历漫长的发展才能有可能互相接触。

这就需要解释为什么技术文明并不普遍存在。地球上的生命经历了40亿年的演化才有了今天的人类技术文明。这样长久的时间可能已是一种极为幸运的结果。如果演化之树稍有偏差，或许今天的地球上就不会出现技术文明。

当然，这并非定论，但有些关键节点可能是极小概率事件。我们可以通过应用德雷克方程来观察这些关键节点。德雷克方程包含了七个系数，如下：

银河系中的恒星数量;

带有行星系的恒星比例,即并非所有恒星都带有行星系;

行星系中产生类地行星的概率;

类地行星上产生生命的概率;

生命在类地行星上进化为智慧生命的概率;

智慧生命发展出具备无线电通信技术的概率;

文明持续时间占星球生命周期的比例。

前三个系数可以通过观察得到,并且可以认为是接近常数的值。不确定的是后四个系数,它们与生命的演化过程有关。有关生命演化的具体内容将在后面单独进行论述,这里只给出简要结论。

在类地星球上,生命的出现是一个大概率事件。生命,尤指微小的细菌类生物,无处不在。这种生命的诞生,被认为是伴随着地质运动而自然发生的,是物理化学法则的必然产物。尽管这一观点尚未得到确凿证明,但我对于在实验室中重现生命起源的过程,仍抱有乐观的预期。

然而,生命进一步演化为智慧生命的概率,我则倾向于认为是极低的。

生命要演化至智慧生命,对星球的生存环境有着苛刻的要求。环境过于恶劣,生命难以存活,即便起源,也会迅速消逝。像水星与金星的环境便不可能孕育生命;火星上的生命,即便曾短暂存在,也可能因环境的恶化而迅速消亡。至于环境的变化,主要影响着演化的速度和方向。长期而言,没有一颗星球的环境能永远保持不变。但若这种长期过于漫长,智慧生命的诞生便可能被无限期推迟。设若地球上的雪球时期持续不绝,生命可能会一直以细菌的形态缓慢演化,今天地球上或许便不会有大型动物的存在，更遑论智慧生命了。因此，有限且适度的环境变化，才是推动生命演化的关键动力。

　　　　地球上曾历经五次生物大灭绝，但这些大灭绝事件仍处于有限变化的范畴，尚未达到无法挽回的急剧恶化境地。那么，何为恶化到无法挽回的情形呢？我们可以设想，若有一颗体积较大的小行星撞击地球，导致岩浆汹涌喷发，海洋瞬间蒸发，地球表面将重新回归至原始状态，化为一颗火球。这样的毁灭性撞击，尽管在宇宙的广袤尺度中仅是一个小事件，却足以令地球上的生命遭受灭顶之灾。

　　回顾地球的生命演化历程，最为惊险的一次飞跃是从细菌类生命演化为真核细胞生命。这是一次偶然的共生事件，充满了不确定性（见第十九讲）。我们很难预测在其他星球上是否也会发生类似的过程。考虑到对环境的严格要求和共生演化的偶然性，我们可以理解为何生命虽然普遍存在，但智慧生命却极为罕见。

　　至于智慧生命是否能发展出类似于人类的文明，掌握无线电技术，这一概率仍属较小范畴，但可能较从细菌演化到智慧生命的概率稍大。

　　在地球上，智慧生命虽然普遍存在，但真正发展出文明的却仅有人类。当然，这里可能存在误解，因为人类通过竞争消灭了与自己处于相同生态位的其他物种，甚至包括其他人类，如尼安德特人。或许，若无人类的存在，尼安德特人也能发展出文明，只不过时间可能会滞后数万年。

至于文明的持续周期，这是一个我们无法回答的问题。自工业革命以来，地球上的所有文明都被紧密地联系在一起，形成了一个庞大的技术文明。然而，这个文明能持续多久？无人可以回答。因为我们的样本量实在太小，更何况我们还身在其中。对此，我们只能做出假设。乐观者认为，我们的文明或许能延续至太阳熄灭的那一天，似乎技术文明一旦产生，便不可毁灭。而悲观者则担忧未来的世界大战可能会摧毁一切，使文明的存续时间缩短至千年之内；或者人类可能因无法抵抗环境的剧变而重蹈恐龙的覆辙，那时文明的存续时间便可能以百万年起步。

考察德雷克方程中与生命演化密切相关的四个因素，我们不难发现其中至少有一个因素所代表的概率极低，一个因素的概率则相对较低。基于这样的分析，我们可以推断，在银河系中，与人类类似的智慧生命存在数量可能相当有限。

甚至，我们也不能完全排除一种可能性，即人类或许正是银河系中技术最为先进的文明。人类目前尚无法跨越茫茫星际，其他潜在的智慧生命或许也同样只能仰望星空，怀揣着对未知的幻想。这种假说，被称为"长子说"，目前不能完全排除其可能性，但对于当前的我们而言，它更像是一种聊胜于无的安慰。如果人类真的是银河系间最先进的技术文明，那么人类距离实现星际旅行的目标有多遥远，外星人降临地球的可能性也就有多遥远。任何对太空探索持理性态度的人，都会承认，实现这一目标仍然遥遥无期。

然而，这至少为我们保留了我们有朝一日能够成为星际种族的可能。相较于永远被束缚在太阳系中的命运，这样的前景无疑要美好得多。

但不论是被困于星系的桎梏中，还是技术尚未达到足够先进的水平，对于现今的人类而言，这两种情况在实质上无甚区别。当我们望向茫茫太空，我们依然无法发现任何外星人存在的痕迹。于是，关于外星人是否存在的问题，便成了一个信与不信的问题，这也催生了太空神秘主义这一科幻流派。

太空神秘主义，与太空浪漫主义如同孪生兄弟一般。太空浪漫主义的作品往往夸大人类的力量，展现出一种无限乐观的态度；而太空神秘主义则会让人类匍匐在外星文明脚下，成为卑微的存在。当人类借助技术的发展高歌猛进、不断创造奇迹时，浪漫主义便会在文化中占据主导地位。然而，一旦人类面临技术的瓶颈，无法取得进一步的突破，内耗便会加剧，神秘主义就会成为主导思潮。

阿瑟·克拉克与卡尔·萨根，这两位以硬科幻闻名的大师，在其作品中均流露出太空神秘主义的思想。这并非偶然，因为他们与真正的太空探索活动有着极为紧密的联系，对太空探索的局限有着比常人更为深刻的认识。他们深知，以现有的理论框架，人类无法进行任何有效的星际旅行，也看不到技术突破的可能。然而，他们对宇宙有着深沉的眷恋，那庞大而奥妙的宇宙，如果人类连太阳系的门槛都无法跨越，岂不是太过遗憾？在承认现实的同时，他们又不愿放弃希望。因此，唯一的路径就是走向太空神秘主义，期望存在着超越地球技术水准的外星人，能够自由穿梭于宇宙太空。这样的想象，或许是他们内心深处的一种寄托，期望着人类有朝一日也能如外星人般自由穿梭于宇宙。换句话说，他们的内心和阿西莫夫这样的乐观主义者一样，期待着科学的发展永无止境，技术的进步会让人类跨入永恒。然而，理性让他们无法背离真实世界的约束。两者折中，就只能寄托于外星人。

阿瑟·克拉克的名篇《2001 太空漫游》中，人类如果没有外星人的指点，几乎与黑猩猩无异，连基本的生存技能都难以掌握，更别提建立辉煌的文明了。而在萨根唯一的科幻小说《接触》中，人类通过接收到来自外太空的神秘电波，成功与地外文明发生了第一次接触，感受到了一个如神境般的世界。这些作品具有极好的故事性，能够引领读者进入对太空世界的无限向往，但同时也透露出克拉克和萨根作为理性科学主义者的深深无奈。他们在作品中寄托了自己的理想，寻找着一个人类可以永不停息的理由。这种对未知的渴望与探索，与宗教发轫之初对神秘的崇拜有着异曲同工之妙。外星人，这个以科学的面目出现的超自然力量，成为他们连接人类所认识的宇宙与人类所能抵达的宇宙之间鸿沟的桥梁。这道鸿沟，或许可以称之为天堑，甚至是"无法跨越之深渊"。要从现实的此岸跨到五彩缤纷的彼岸，唯有借助于这种超自然的力量。而任何一位科幻作者，如果想要填平这道鸿沟，恐怕也只能如此。

其实，《2001 太空漫游》并非一部完全神秘主义的作品。在太空神秘主义的大框架下，它描绘的所有细节都是未来主义的，这也是它成为科幻经典的原因。这种扎实的细节描写，经得起推敲，使得这部作品经受住了时间的考验。在这部作品中，神秘的外星人高高在上，以冷淡的姿态冷眼旁观着人类的挣扎与成长，只在关键时刻给予助推。

请注意，我将外星人称为超自然力量，并非否认外星文明存在的可能性。即便人类真的是银河文明的长子，外星人也可能隐匿在宇宙的某个角落。更有可能的是，没有一个文明能够突破星际屏障，我们都只能被束缚在自己的星系中。在这种情况下，幻想外星人降临地球，实际上是在幻想一种超自然力量的介入。因此，在现实中，我们也就难以见到外星人的踪迹。

对于费米悖论，最符合我们对宇宙和科学认知的解答，就是如上。因此，尽管外星人存在，但我们与他们之间的距离遥不可及，他们同样无法抵达地球。能够沟通二者的，唯有科幻的想象力。

太空神秘主义对于科幻小说而言，是一种加分项。人类天生对神秘事物充满好奇，即便我们并不真正相信其存在，也会受到好奇心的驱使而想要一探究竟。正如前些年风靡一时的盗墓题材小说，就是典型的神秘主义。它们通过荒诞不经的传说和超自然力量，推动着几个盗墓贼的奇遇，人物的命运被冥冥之中不可抗拒的力量所推动。而在太空神秘主义特色的小说中，这种来自外太空的力量更是强大到无法抗拒。它不仅影响着个体的命运，更在推动着人类文明整体的命运。这种力量，让人不禁联想到神话。

有人说，科幻是现代的神话。其实并不完全如此，许多科幻小说并不像神话，因为格局太小，仅聚焦于个体命运，而未触及人类整体的命运，甚至不涉及一地区或一城市的兴衰。此类科幻作品，显然不能称之为神话，最多只能算聊斋故事。

而太空神秘主义所孕育的科幻作品，则与神话有着异曲同工之妙。它立足于我们业已理解的基础之上，向那广袤的宇宙投去一瞥。太空神秘主义虽不会出现盘古开天辟地般的神话场景，却可能描绘出宇宙的爆炸与重启的壮丽图景；虽无神仙的踪迹，却有外星人的存在。这些外星人不会施展法术，但其可以掌握高超的科技，仿佛法术一般神奇。太空神秘主义也不会有令人长生不老的仙丹，却可通过基因改造与意识上传等技术，使人类得以通达整个太空世界……所以假设我们对宇宙物理限制的理解无误，那么人类终将无法避免被困在太阳系中的命运，太空神秘主义也就成了人类和太阳系之外的宇宙沟通的唯一方式。

那是一个我们无法抵达的未来，是永远的想象之地，是科技的神迹，是渺小人类对广袤宇宙的谦卑和畏惧。

这样一种思想和理念，大概近似于信仰吧。

我们应成为一个有信仰的人。

科幻中的火星

这一

讲专门聊一聊火星。

对于地球上的人类来说，火星的重要性无可替代，它在很多方面和地球相似，可以为行星演化研究提供重要参考。人类进入太空，着陆点首选月球，第二选择就是火星。这样的选择顺序与古人的观测也相对应。月亮是太阳之外最醒目的存在，火星的亮度不及金星，行为却颇为奇特，虽不是最引人注目的星星，但也可谓是最吸引人的星星之一。火星颜色火红，亮度极高，而且是一颗行星。中国古代称之为"荧惑"，因为它在空中飘忽不定，会顺行和逆行；古罗马称之为"mars"，因为颜色如血，所以常与神话中的战神联系在一起。

中国有金、木、水、火、土的五行学说，太阳系中实际也存在金、木、水、火、土五大行星。但事实上，在古代中国，天空中代表"火"的星星并不是火星，而是心宿二。心宿二即天蝎座 α 星，在中国古代的星相学中属于东方苍龙七宿中的心宿，是极为重要的一颗星。因其颜色发红，在星空中颇为醒目，所以古人把它想象为龙的心。虽然火星有时也很亮，但是它的亮度变化很大，在星空中还会顺行和逆行，让人感到很困惑，故被称为"荧惑"。荧惑一词的意思，就是让人迷惑的亮星。

因为火星在天空中漂移不定，心宿二作为天空中重要的亮星又具有特别意义，所以中国古代就一直有"荧惑守心"的说法。从天象来说，"荧惑守心"就是火星靠近了心宿二。心宿二被认为是天子的象征，当"荧惑"靠近心宿二时，便预示着天子会有灾祸，所以古代中国对于这种天象极为重视。在中国的史书上，总共记载了 23 次"荧惑守心"，按照天文学的规律来计算，"荧惑守心"现象应该出现了 38 次，古人记录了其中约三分之二，已经算是颇为可观的连贯性记录。

这是火星在中国历史上的大概面目。它在中国人传统的想象之中，是一种灾异的象征，除此之外，就没有更多的传说了。在国外，火星则以其鲜艳的色彩，成为鲜血、战争、灾祸的象征物，但与火星直接相关的传说，并不算多。

人类所有的想象都是以现实为基础的。因此，人们对于某个事物了解得越多，相关的传说也就越多。比如，月亮距离地球更近，人们观察到的月亮的细节比火星更丰富，关于月亮的传说就要比火星多许多。所以，回顾历史，人类对火星的想象较为贫乏，这一点中外比较一致。火星虽然在天空中是较为特殊的存在，但毕竟也只是一颗星星，我们能对其进行的想象有限。像"荧惑守心"这样的天象，已经算是相当有特点的想象了。

然而，到了 17 世纪，情况开始发生变化。

17 世纪的天文学因为望远镜技术的极大进步，进入了大发展时代。伽利略是第一个发明望远镜的人，他把望远镜对准了星空，得以看见太阳系中更多丰富的细节。例如，他首先观察到了木星的四颗卫星。这种天文观测为哥白尼地心说提供了坚实的证据，推动了天文学的发展，让人们对太阳系和太空的认识开始进入一个新阶段。然而，在伽利略的时代，望远镜的性能尚不强大。在伽利略的望远镜里，火星仍旧只是一个小小的红点，并没有什么细节。

直到 19 世纪后半叶，人们对火星的认识才进入到一个新阶段。

世界上公认的第一篇科幻小说，是玛丽·雪莱于 1818 年发表的《弗兰肯斯坦》，而那时正值英国工业革命爆发近半个世纪后。科幻小说的源流，从根本上来说，是幻想文学在科技时代的嬗变。或者可以说，是幻想文学在吸收了科技时代的新信息之后做出的一种调整。

对于火星的幻想也是如此。天文学的新发现给针对火星的幻想注入了新动力，其中最典型的例子是关于"火星运河"的描述，这是一个带有讹传讹性质的文化传播事件。

1877 年，火星和地球距离达到最近，众人纷纷观测火星，意大利天文学家乔范尼·夏帕雷利在这一年绘制了详细的火星全图。夏帕雷利发现，火星的表面布满了由细细的直线所构成的网格状系统。他当时把这种系统称为沟渠。然而这个发现在从意大利文被翻译为英文时，"沟渠"被翻译为了"运河"。"沟渠"还具有天然形成的意义，而"运河"则有人造之意。于是，这一发现被误解为天文学家证实了火星上存在智慧生命。此后，这个说法像野火一样迅速传遍世界，迅速地演变成人们对火星人的憧憬和想象。

从 19 世纪末到 20 世纪上半叶，火星成为科幻文化中的一个重要角色，这和当时在火星上发现"运河"密不可分。

这里要介绍一下当时的时代背景：因为技术能力的进步，人们可以对火星进行更细致的观察，但也受限于技术能力，人们无法更深入地探测火星。当时，物理学和生物学也获得了极大的发展，比如人们已经意识到物种演化和微生物的存在，但是对于生命更多的奥秘还一无所知，如宜居带等概念也尚无人提出。

那个时代的典型看法可以从天文学家卡米伊·弗拉马利翁的话中得到体现：地球上的陆地和海洋动植物不计其数，最微小的水滴里都住满了微生物。我们很难相信，在同样的条件下，另一个星球只是一个巨大而无用的荒漠。

这就是那个时代主流知识界的看法。再加上火星运河的真假难辨的传闻，社会上逐渐形成了一种认识：火星存在生命，甚至可能有火星人。他们和我们一样，拥有物质文明和工业技术，甚至可能比我们更为先进。

这种认识反映在科幻小说中，形成了一股火星热潮。

火星热潮中有两种基本类型的故事：一种是发生在火星上的故事，另一种是火星人来到地球的故事。

在发生在火星上的故事中，由于当时对火星的认识不够详尽，科学知识也相对匮乏，火星往往被描绘成地球的翻版。火星上生活着奇特的生物，其中的智慧生物与人类有着相似的认知和情感，外貌也类似人类。这一类故事可以被看作是将火星作为架空背景的太空歌剧。太空歌剧常常将一些经典的宫廷阴谋和历史故事搬到太空背景下。因此，太空歌剧的背景通常是我们难以到达和深入探索的遥远世界，比如银河世界就是一个优秀的太空背景。它天然地隐藏在黑暗之中，给人一种朦胧感，进而激发了想象力的发挥空间。在 19 世纪末 20 世纪初，火星恰好符合这种朦胧的认知，因此许多科幻作家选择以火星为背景来构建故事。其中，《火星公主》是火星太空歌剧的代表作。这本小说有点像是现在的穿越剧，主人公睡着了，醒来就发现自己身处于火星。这种手法我们一般称为灵魂穿越。但因为故事发生在火星，所以我们将其归类为科幻小说。

在故事中，主人公被卷入火星的政治危机，并与火星公主展开了一场轰轰烈烈的爱情。最后，主人公功成名就，然后再次睡着了。当他醒来时，发现自己回到了地球。这个桥段与中国古代的传奇故事《枕中记》非常相似。如果这个故事的作者生活在相对论提出之后的时代，也许会将时空的相对性加入其中，以解释故事的合理性。

在中国，老舍曾经创作过一部名为《猫城记》的作品，也采用了类似的手法，直接将故事舞台搬到火星，方便自己讲述故事。

这是第一类以火星为背景的太空歌剧故事。这类故事存在的前提，是人们对于火星的朦胧感，认为火星像地球一样，是一个能够孕育生命的行星。

那个时代的第二类火星故事，是火星人袭击地球。这类想象和现今的外星人小说并没有什么本质不同，唯一的不同点在于将外星人的来源定位在火星上。这成为一个时代特点。因为现在我们知道，在火星上难于找到生命，即便是最简单的生命形式，那么将火星作为外星人的来源地明显违背了科学事实，因此科幻作家也就不再以此为创作主题。

但在 20 世纪上半叶，把火星当作外星人来源的设想还是颇有影响力，并且产生了许多作品，其中最著名的当数 H.G. 威尔斯的《世界之战》。故事讲述了火星人降临地球，在地球上大肆杀戮，地球人四处躲藏无力抵抗。就在全人类都认为自身即将走向覆灭之际，令人意想不到的事情发生了——外星人率先崩溃了。原来，他们感染了一种微生物（可能是病毒，也可能是细菌），水土不服，一个个相继倒下，最终灭亡。这个故事结局非常具有特色，因为这种结局只能写一次，先写的作品会占据创新权。因此，威尔斯之后极少有作者再把微生物消灭外星人作为故事的核心转折，最多只是将其当作一种必须考虑的困难。

谈及关于火星上的外星人，必须提到一本奇特的科幻作品，名为《人类向何处去》，作者是奥拉夫·斯特普尔顿。这本书并不是主要讲火星人的，这本书并非主要讲述火星人，而是涵盖了整个人类漫长的 20 亿年历史，其中火星人的入侵作为一段历史被记录。与一般的火星人设定不同，作者设想了一种非常奇特的"云朵火星人"，微小的生命单元以某种形式汇聚成巨大个体。这有点像是地球上的蝗群或蚁群，但形态非常不同，是由接近病毒大小的微粒组成群体。这大概是我见过的最离奇的火星人设定。

第二次世界大战之后，人们对火星的了解更加深入，对火星人的设想逐步淡去。然而，仍能够发现一些关于火星人的作品，比如雷·布雷德伯里的《火星编年史》，就继承了对火星人设想的传统。《火星编年史》出现的时代正好是美国科幻的黄金时代，那时候的科幻潮流，是用科学技术包装出一种兼具逻辑美感和异域风情的欣欣向荣的人类未来。《火星编年史》就具有这样的时代特点。同时火星编年史又有布雷德伯里的鲜明风格，把宏大的历史、壮阔的文明史诗隐藏在普通人的喜怒哀乐之中，具有深刻的文学价值。《火星编年史》由多个短篇组成，构成了一个大的框架下的系列故事。它对火星的思考实际上体现了对人类社会自身的思考，因此具有非同寻常的批判意义。

对火星人的想象一直持续到 20 世纪五六十年代，例如我小时候看过的一部美剧《火星叔叔马丁》，第一季就于 1963 年首播。美国早期拍摄的科幻 B 级电影中，也常出现奇形怪状的火星人和人类战斗的桥段。这些对火星人入侵的想象，可以说是火星运河引发的火星热潮的一点余波。因为随着对火星的科学认识的发展，火星人再也不是一种科学假设，而成了胡思乱想。就像科学不发达的时候，我们会认为天空上可以有宫殿、住着神仙，而且以认真的态度看待这种可能。到了科学发达的今天，我们会认为这就是纯粹的毫无根据的联想。

第二次世界大战之后，太空探索得到了快速发展，人们对火星的认识也有了重大突破。朦胧感消失之后，人们开始基于对火星的最新了解思考人类会如何利用火星。

那么人们对火星的了解都包括什么内容呢？

火星的直径大致为地球的一半，引力只有地球的三分之一。它的自转轴和地球类似，有一定程度的偏移，因此火星上也存在春夏秋冬四季的差异。火星绕太阳公转一周需要 678 天，一个火星年和一个地球年完全不相符。如果人们将来要在火星生活，必然要使用火星历法。火星与太阳的距离大约是 2.8 个天文单位，火星轨道上的太阳辐射大约是地球轨道的八分之一，所以火星上的太阳并不像地球上一样灼热。但因为火星大气稀薄，火星上的紫外辐射反倒比地球表面更强烈。如果火星上有生物，那么这种生物一定也像水熊虫一样，具有强大的 DNA 纠错能力，以应对强烈的紫外线，或者生存在地下，借助于岩石的保护生存。

火星面临着水和大气层的严重缺乏，但在火星的历史上，或许并非一直如此。极有可能是在长期发展过程中，火星的大气层被太阳风吹散。由于火星的体积小于地球，其冷却速度较快，地质活动也相对较弱。因此，火星的大气层可能很早就进入了相对稳定的状态。然而火星表面的引力大约仅为地球表面引力的三分之一，而地质活动的停滞又让它缺少磁场的保护。在长达数十亿年的时间里，太阳风不断侵袭火星，而引力较弱原本就更难维持大气，缺乏磁场保护又让太阳风长驱直入，撞击大气，最终的结果就是火星大气逐渐逸散，成为我们今天所见的极其稀薄的状态。

火星表面的地质结构也在很久之前就塑造成型，因为缺少水流的塑造和强烈的板块运动，火星地貌最大的侵蚀源头大概是风。但是由于大气稀薄，风暴的力量和地球相比也不算猛烈。所以火星的地貌大体上是稳定的，可以看作一个凝固的世界。相比较而言，可以说地球是一个动态的世界。

随着对火星认识的深入，科幻作家开始勾画一个真正意义上的火星文明。我们知道火星上没有文明，所以人类如何在火星上建设文明就成为故事的主旋律。这其中最重要的一部作品，无疑是金·斯坦利·罗宾逊的火星三部曲。

火星三部曲展示了人类如何征服和改造火星，三部曲的名字也很有趣，《红火星》《绿火星》《蓝火星》分别代表火星开发的三个时期。

《红火星》描绘了登上火星初期的场景，讲述了人类如何利用火星现有资源进行改造的故事。在此过程中，出现了许多令人惊叹的技术奇观。例如利用巨大的反射镜聚集太阳光，将其聚焦在火星的南北极，使冰霜融化，获取水资源；又或者通过钻探深井，利用火星残余的地热……这是一幅热火朝天的画面，人类以改天换地的气魄对火星进行改造，希望能打造一个地球之外的人类生存基地。然而有人的地方，就有江湖，火星社会虽然由一群科学家和工程师组成，但他们之间产生了巨大的分歧，矛盾重重，最后爆发了武装冲突。

《红火星》的故事实际上是人类对自身开拓蛮荒世界历史经验的一种投射。美国的历史上有西部大开发，中国也有开拓北大荒、开发南泥湾这种壮举。这些人类活动，往往反映的是人和自然的关系。人在自然面前不屈不挠，努力改变自身命运，把蛮荒之地变作人间乐园。《红火星》的故事，就可以看作是在火星的红土地上进行的一场拓荒运动，只不过，参与者需要极高的科学技术素养，所耗费的资金和物资也比人类任何一场拓荒运动要高得多。故事的情节冲突主要在于人和人之间的对立，但在这些情节冲突背后，我们更要看到人和自然之间的矛盾冲突。这是《红火星》最引人注目的亮点。

《绿火星》讲述了火星表面被绿色植物覆盖后的时期。在这一阶段，火星已经开始地球化，而人们的观念却产生了冲突。一方主张让火星变得更像地球，另一方则主张保留火星原本的荒芜状态，这种根本性的分歧在政府和地下武装之间形成了精神对立。武装分子为了自己的理念，为自由火星而战，要把火星从地球政府的统治下解放出来。

《蓝火星》中，火星推翻了地球的统治，解决了内部矛盾，开始进一步建设火星，将火星打造成第二个地球。火星上出现了天空和大海，这也是"蓝火星"这一名称的由来。然而此时的地球，却在经历了各种灾难之后重生，人口爆炸，大量地球人向火星移民。火星人和地球人之间，以及火星人内部，都因源源不断的地球移民产生了分歧，矛盾和冲突进一步影响到火星的未来。

如果仔细审视这三部曲，我们可以看出其恰好和美国的历史对应。美国的主要奠基者从欧洲来到美国，进行垦荒活动，这对应的是《红火星》；美国发起独立战争，而独立战争也存在亲英派和独立派的内部斗争，以及英的外部压迫，这对应的是《绿火星》；最后美国独立建国，在新的土地上建设起新家园，与此同时，欧洲大陆却开始陷入世界大战。欧洲向美国大量移民，同时美国的经济发展蒸蒸日上超越欧洲，这就对应了《蓝火星》。

能代表一个国家的优秀作品，往往暗藏着国民的某些特质。火星三部曲就是美国的开拓史在太空时代的映射。这种庞大的历史观和宏大的技术改造结合在一起，让这系列作品成为火星科幻的不朽名著。而且作品中的技术细节与当时的火星发现相一致，这种风格一直延续到今天。

2015 年上映的电影《火星救援》改编自一部网络小说。这篇网络小说最初其实只提出一个问题：如果只有一个人，在火星上要如何才能幸存下来？这种"what if"式的问答，最能够打开脑洞，用正儿八经的科学回答最不正经的问题。所以要创作和火星相关的科幻作品，最重要的一件事就是了解火星。火星上到底有些什么？单纯依靠想象得出的答案会很匮乏，而通过现实的天文研究反而会得到更为丰富的内容。因为天文研究通常会从人们意想不到的角度进行研究，从而对创作提供了很好的参考。例如，通过观察冲刷痕迹，研究人员发现火星上存在水；通过干涸的河床判断火星地下可能还存在水；通过一些岩石上的碳分子，推测火星曾经存在生命。种种这些，都在为火星科幻提供新的知识支撑。

同时，科幻小说中有一个方向是与历史相结合。正如阿西莫夫曾经解释过，他为何写《银河帝国》系列，是因为参考了罗马帝国的兴衰史。历史和科幻看待事物的角度不同，历史看向过去，而科幻则展望未来。然而，人类对自身的观察，除了历史，别无他物，即便我们在对未来进行描绘和想象，也必然要到历史中去寻找根基。

因此，不论对于火星的知识进化到何种地步，人类世界的这些故事始终在不断发生。前面提到的《火星公主》是太空歌剧，火星三部曲则是一部拓荒史，《火星编年史》则是对两个世界冲突的展望和放大。如果读者有志于创作一部关于火星的科幻杰作，除了需要把握火星知识，对于历史也要掌握得越深刻越好。

与火星相关的中短篇小说众多，我无法一一列举。但我可以举一个我熟知且特别喜欢的作品，那就是《坠落火星》。这篇短篇小说由北星老师翻译，原文写得非常优美，翻译的流畅度也非常到位，非常建议大家去读一读。故事讲述了火星成为地球政府流放罪犯的地方，同时火星作为科学探索的前沿阵地聚集了许多科学家和工程师。然而，由于地球的局势动荡，火星的秩序也岌岌可危，囚犯为了生存发生动乱，与政府基地爆发冲突。小说描述的就是这次动乱的始末。

虽然故事中对火星的真实描写并不多，但它凸显了两个字：艰难。用文字描绘出火星开发的艰难和在火星上生活的种种挣扎。它所传达的含义是一种对历史的看法，结局一句话就达成了意外的转折，让整个故事的意蕴变得异常深远。

关于整个故事的详细情节，我暂且不为大家剧透。不过，我可以分享一下故事的开头和结尾两句话，让大家感受一下这部作品的魅力。

开头：

历史并不一定如我们所希望的那般美妙……

火星上的人们没有文学。移民火星的过程是不可饶恕的罪孽。那些被放逐的人们没有时间写作。但是他们仍然有故事。他们把这些故事讲给年纪太小、还不能真正理解其中含义的孩子们听，孩子们又讲给他们自己的孩子们听。这些故事成了火星的传说。

这些故事里没有一个是爱情故事。

结尾：

自从第一个难民来到火星，火星上就发生了很多故事。这些故事里没有一个是爱情故事。

在这样的小说中，火星实际上代表了充满艰辛的环境。在工业技术不发达的年代，这样的环境在边疆地区、天寒地冻的西伯利亚、沙漠地带等地十分常见。在这些地方的发生的故事具有很强的传奇性。然而，随着科技的高度发展，这种艰辛环境带来的挑战相对减少了许多，一个典型的例子就是珠穆朗玛峰。过去，攀登珠穆朗玛峰是一件十分了不起的壮举，登顶者往往能成为全球头条新闻。然而在今天，登上珠穆朗玛峰已经成为商业行为，只需花费二十万元，便能实现这一目标。由此，它失去了作为世界边缘的新奇感。很多早先的艰苦条件在今天已不再成立。作为一个艰辛环境的象征，火星还能够存在很长时间，甚至数个世纪。科幻小说在这个意义上继承了人类对边疆的无限想象。换言之，如果要写人类探索的边缘，科幻小说就是一个很好的选择，而火星则是其中一个很好的目标。

《坠落火星》的作者杰弗里·兰迪斯，不仅是美国航空航天局（NASA）的火星计划专家，还是一位著名的科幻作家。关于这一点存在一个现象，中国的科学家和工程师队伍中愿意进行科普创作的很少，愿意创作小说的则更少，而美国就有很多科学家和工程师热衷于创作。其中最著名的是卡尔·萨根，他是一位天体物理学家，但更为人所熟知的是他的科普著作，比如《暗淡蓝点》《魔鬼出没的世界》等。他还创作过一部长篇小说《接触》，据说这本书在未完成之前，就已经被一家出版商以一百万美元的预付版税买走。其他的例子还比如艾萨克·阿西莫夫，是大学的化学教授；阿瑟·克拉克是雷达技术专家，还提出过人造卫星的构想。这些人共同的特点是受过严谨的理工科教育，同时又具备良好的人文修养，杰弗里·兰迪斯无疑也属于这种文理双修的作者之列。

相比之下，中国的这类人才相对较少，所以我们的科幻小说往往还缺少一点底蕴。例如，在描写火星的科幻作品中，对火星细节细致入微的描述离不开对行星科学的深入理解。然而，如今中国的科幻作家，几乎没有像杰弗里·兰迪斯这样的火星计划专家，那么他们笔下的火星缺少栩栩如生的细节也就可以理解了。

当然，并不是说我们一定写不出美国作家笔下那样的火星故事。我们完全有能力写出自己的作品，只是在这方面美国作家珠玉在前，我们只是在跟随他们的脚步。比如我自己曾经写过一篇叫《娥伊》的短篇小说，这篇小说就是对《坠落火星》的致敬和模仿。科幻小说的水准，始终和科技发展的水准相对应，我相信随着中国科技水平进一步提高，高等教育中科学和人文并重的趋势加强，我们终究有一天可以写出引领世界的科幻小说。

讲到这里，我们来回顾一下中国的火星科幻。中国的科幻小说经历过一个科普创作的阶段，在那个时期，一些对科学普及有兴趣的科学家，像郑文光、童恩正、刘兴诗等，都加入了科幻小说创作的行列。他们创作了许多科普类型的科幻小说，其中也包括对火星的科普，代表作家是郑文光。郑文光是一位天文学家，因此对火星的描写正是他的强项。他于1954年创作的第一篇科幻小说《从地球到火星》，也是新中国的第一篇科幻小说，其中就讲述了火星故事。之后，他还写过一篇名为《火星建设者》的作品，虽然这属于为了科普而创作的少儿科幻，但其中对火星建设的想象具有非常专业的水准。这发生在1957年。

大家可以看到，文学和时代是息息相关的。郑文光选择在那个时期创作《火星建设者》有很多原因。首先，郑文光本身是一位科学家，他希望通过这部作品向年轻读者普及科学知识。更重要的是，那时我们的社会主义建设正如火如荼，所以郑文光的这篇作品可谓将现实照射到未来。非常可惜的是，郑文光先生在1983年之后就终止了科幻小说的创作。那时，他和童恩正、叶永烈等人都有把科幻小说从科普向更加大众化的文学推进的想法。如果他能继续创作，很有可能中国作者创作的火星三部曲早就诞生了。

但现实就是没有"如果"。中国科幻发展走上了另一条道路。

关于火星的科幻发展到今天，真实描述占据了主导，这就对作者提出了更高的科学要求。像《火星救援》这样的影片，可以看作是对极端条件的假想，是对未来的一种试探。我们国家正在大力发展航天工业，把探测器送往月球和火星，我们正在积累更多的关于火星的知识。我非常期待，中国关于火星的科幻作品也能够日益丰富，达到一个新的高度。

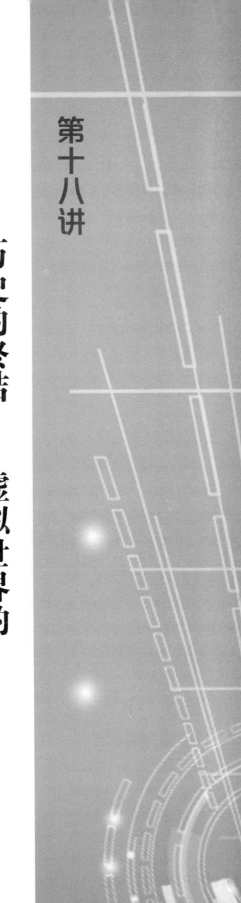

第十八讲

历史的终结——虚拟世界的未来

元宇宙，这一专有名词，并非直白易懂。相较之下，虚拟世界这一表述更为直接明了。元宇宙包含一些更为具体的含义，如 3D 图形界面的使用，更强调沉浸式的体验，能够与现实世界进行互动等。

关于虚拟世界的探讨，在科幻领域拥有悠久的历史，至少可追溯至 20 世纪五六十年代。当时，计算机技术正处于萌芽阶段，人们开始对其潜力产生浓厚兴趣，并展开无尽的遐想。其中，创造一个可供人们在其中活动，甚至沉浸其中、不能自拔的虚拟世界，成为众多科幻作家笔下的热门主题。雷·布雷德伯里、菲利普·迪克、艾萨克·阿西莫夫等科幻大师，在他们 20 世纪 50 年代的作品中，便描绘过各种形态的虚拟世界，这些描述与今日的元宇宙概念基本一致。而 1984 年，威廉·吉布森的名作《神经漫游者》更是普及了"赛博空间"这一词汇。他所描述的赛博生存，大致等同于元宇宙的最终形态——人类完全沉浸在虚拟世界中。

因此，虚拟世界的想象历史远早于元宇宙概念的诞生。元宇宙这一概念，由尼尔·斯蒂芬森在 1992 年的科幻小说《雪崩》中首次提出。其最初定义可视为斯蒂芬森所构想的虚拟世界。同样地，威廉·吉布森笔下的虚拟世界可以被称为"矩阵"（matrix），菲利普·迪克则称之为"工艺世界"（worldcraft）。而在我的小说中，我将其命名为"洪荒世界"。有多少科幻作家描述和命名过虚拟世界，我们今天就有多少种可能来命名它。但历史只有一个，那就是"元宇宙"（metaverse）在众多竞争者中脱颖而出，成为唯一被广泛接受的称谓。

当元宇宙这一名词开始在大众中流传，它便逐渐淹没了之前的一切版本（或许也包括之后的一切版本），成为虚拟世界的代名词。这一现象由多种因素促成，包括名词本身的特质、时代的潮流以及特定读者群体的喜好等，不一而足。

然而，我们切不可认为斯蒂芬森定义了元宇宙。他曾表示，他所描述的元宇宙仅仅是一种想法而已。在那个互联网尚未普及的时代，许多想法都缺乏实现的可能。但作为一种概念，元宇宙已经超越了小说本身，成为文化的一部分。

这里需要稍作延伸，一个文化作品的卓越之处在于其能否超越作品自身的框架，输出具有影响力的概念。以中国最受瞩目的科幻小说《三体》为例，其风靡的原因众多，但其中不可忽视的一点是，它成功地输出了"黑暗森林"和"降维打击"等超越小说的概念。这些概念在广泛传播中被频繁引用，形成了强大的文化辐射力。通常，我们判断一部小说的成功，多以其是否塑造出生动的人物为标准；而科幻小说，则还有一个重要的衡量维度，即能否提炼并输出具有普遍意义的深刻概念。一旦作品能够输出这样的概念，它便拥有了不朽的文化价值。

元宇宙，正是《雪崩》这部小说所输出的重要概念，其影响力远远超越了小说本身。

我们继续深入探讨，如果斯蒂芬森在《雪崩》中所刻画的虚拟世界并不足以代表今天我们所讨论的元宇宙。那么，元宇宙究竟是何物？众说纷纭，我的理解是，元宇宙是虚拟世界的总和。它是一个建立在计算机技术的基础之上，能让人们与其中的特定事物，或是其他玩家进行交互的世界。而当前与元宇宙概念最为接近的实体，无疑是游戏。

游戏产业对于提升玩家体验的追求永无止境，这使得它成为各种先进技术的试验场。同时，游戏公司通过运营游戏获得大量收益，这在自由竞争的环境下为游戏技术的不断创新提供了坚实的经济基础。除了中国的阿里巴巴的商业帝国、腾讯的社交网络，以及国外的亚马逊和 Facebook，在全球范围内，既拥有巨大商业价值又对技术进步无限渴求的产业，游戏无疑占据了一席之地。

当未来的某一天，无论是商业活动还是日常社交，都如同在虚拟游戏中进行一般，那么元宇宙的时代就真正降临了。

有两个游戏特别值得一提。首先是《堡垒之夜》，它在 2020 年完成了一项创举：在游戏内举办了一场盛大的虚拟演唱会，吸引了全球近 2800 万玩家观看。歌手特拉维斯·斯科特在演唱会中的翻唱作品，在短短一周后便荣登美国热门歌曲排行榜榜首，更成为年度第三大单曲。这一事件无疑为元宇宙在游戏中的实践提供了生动的案例。

另一个值得深入探讨的游戏，名为《星战前夜》(EVE)，是一款具有大规模互动特性的游戏。多数大型游戏采用的是小场景设计，并通过海量复制这些小场景来实现更多的玩家接入。以《堡垒之夜》为例，一个服务器通常承载一两百名玩家，一般不会超过三百人。然而，《堡垒之夜》成功吸引了近 2800 万玩家，他们分散登录在数以十万计的服务器上，共同见证了斯科特的演唱。从某种程度上讲，这可以视为虚拟世界复制了十万个斯科特，而玩家则只是与其中一个复制品进行互动。

EVE 这款游戏的独特魅力在于其构建了一个宏大的虚拟世界。它摆脱了传统游戏中重复场景的束缚，为玩家呈现出一个无比广阔、充满无限可能的探索空间。这种开放性的设计理念，很可能是未来元宇宙的重要特点。毕竟，人们内心深处都渴望能够进入一个开放世界，而非局限于狭窄、单调的小空间。EVE 已经运行了近二十年，它打造了一个单一且共享的虚拟世界，其中包含了近 8000 个星系和近 70000 颗行星。在这个虚拟宇宙中，玩家需要紧密合作，通过线下的深入讨论形成联盟行动方案，并在游戏中正确执行。如果这并非一个游戏，而是真正的生产生活，大概就和我们所预期的元宇宙功能十分类似了。

未来的元宇宙，应当是一个包罗万象的大世界，而非无数小世界的重复堆砌。EVE 在这方面所做的尝试与探索，无疑为我们提供了宝贵的启示。然而，在现阶段，游戏更多地表现为从现实到虚拟的单向流动，难以实现虚拟对现实的直接反馈。相比之下，元宇宙所代表的虚拟世界应当是一个完整的闭环，实现现实与虚拟的双向互动。当然，我们也可以展望更为遥远的未来——完全虚拟。当人类本身都寄生在元宇宙中，就会如同电影《黑客帝国》所描绘的那样，人类在现实中的生活完全失去了分量，变得毫无意义，虚拟世界则成为真正的生活。然而，这种完全虚拟化的生活距离我们当前所奔赴的元宇宙还有相当遥远的距离。因此，我们更应关注那些能够切实融入我们日常生活的元宇宙形态。

2021 年，Facebook 制造了一个大新闻，毅然将其公司名称更改为"META"，倘若它是一家中国公司，那么这个名字或许会被译为"元宇宙"。这家公司的核心业务是什么？简而言之，它是以 VR 硬件为入口的互动社区。设想一下，倘若 Facebook 得以升级为 VR 版本，那么它的形态便呼之欲出。用户得以通过虚拟形象进入系统，获得比文字、图片、视频更为直观且深入的沉浸式体验。在马克·扎克伯格的构想中，元宇宙的精髓大概就在于为用户营造更多的现场感。

那么，这种现场感究竟是否重要？这或许因情境而异。人的理解力极为强大，即便面对枯燥的文字，也能产生代入感。在互联网的初期，曾有一款名为"MUD"的游戏，意为"Multi-User Dungeons"，即多人地下城。它是一款纯粹的文字游戏，玩家通过键盘操控角色的移动，输入特定的动作与语言来与其他玩家互动。尽管游戏界面只有文字，且输入指令的句式受到严格限制（大概类似现在有限的表情符），但众多玩家仍乐在其中。我尚在大学时期，那时计算机教育刚刚兴起，个人电脑尚未普及，使用电脑需到学校的机房预约机时。即便在机时如此珍贵的情况下，仍有众多同学将其投入到这款游戏中，并热衷于交流游戏经验。因此，有人将这款游戏视为元宇宙的最初形态。自然，也有科幻作家，如杨平，曾创作了一篇名为《MUD——黑客事件》的小说，描述了一个在初级形态或称为文字形态的元宇宙中发生的故事。

MUD 是一款早期的游戏，后来的游戏形式不断演变，从文字到图片，从图片到动画，再到 3D 动画与特效，愈发精致与逼真。这是一个逼真度和沉浸感不断提升的过程，同时也是设备普及与使用门槛逐渐降低的过程。

MUD 拥有类似于 DOS 的文字环境，要求用户具备较高的技术素养。在那个年代，计算机的使用门槛相对较高，用户必须熟练掌握众多指令，通过键盘输入进行操作，而且需要在脑海中储存命令结果以进行逻辑运算。后来的聊天软件和网络游戏则开始步入 Windows 时代，用鼠标就可以进行很多操作，键盘逐渐退化为输入法专用工具，用户无须再记忆烦琐的指令，直接就可以看到操作结果。进入智能手机时代，人机交互进一步简化，鼠标甚至不再是必需品，人们可以通过手势直接控制设备。输入方式也更加简化，比如可以进行语音输入。

在这种使用门槛不断降低的基础下，提升画质和沉浸感无疑具有积极意义，它们能够为用户带来更为丰富的感官体验。然而，一旦为了提升沉浸感而提高使用门槛，这件事情就要划上问号。使用门槛的提升不仅意味着设备成本的增加，还可能影响用户的使用便捷性。

试想人们戴着 VR 头盔四处行走的场景，虽然富有想象力，但实则显得颇为荒诞。相比之下，智能手机虽然仅呈现二维画面，却不妨碍我们进行正常的交流。更重要的是，我们可以随时抬头离开手机屏幕，实现虚拟与现实的无缝切换。这种便捷性，显然 VR 技术难以做到。

人的想象力无比强大，即使面对 MUD 这样的文字游戏，也能沉浸其中。可见，逼真程度的提升并非沉浸感的决定性因素，尽管它确实有助于增强沉浸感。

当前的元宇宙概念，核心仍围绕着沉浸感的提升。然而，若这种提升以牺牲使用便捷性为代价，那么其应用范围将受到极大限制，只能在特定场合发挥作用。这样的限制意味着它难以成为人们进入虚拟世界的主要平台，即便围绕 VR 能够形成一些现实与虚拟的双向互动闭环，其规模也将十分有限，难以成为未来元宇宙的主流形态。

在我看来，元宇宙的主流形态更可能是 AR 或 MR 技术，即增强现实或混合现实。这两种技术能够实现比手机更为便捷的无缝切换。只有拥有更便利的使用条件，其才能获得比手机更广阔的应用场景。

因此，当前的元宇宙浪潮仅是一个起点，它仍需等待技术的不断进步和成熟。我们期待着某种设备能够像手机一样轻松地在现实和虚拟之间进行切换，同时带来更为强烈的沉浸感。在我所了解的范围内，AR 眼镜是最有潜力的候选。戴上这样的眼镜，我们眼前可以呈现出一块仅自己可见的虚拟屏幕，与之进行直接互动。同时，我们也可以随时抬起视线，让屏幕消失，实现虚拟与现实的完美融合。在这样的状态下，我们既是现实世界中的人，又无时无刻不在元宇宙之中。

我们可以稍微调整一下思路，聚焦于当下。其实不难发现手机已经形成元宇宙的初级入口。回想一下，你每天有多少时间是在手机屏幕前度过的？当你浏览手机屏幕时，其实已经是在虚拟世界中畅游了。换而言之，我们目前已经生活在一个半虚拟的世界中，只是尚未以"元宇宙"来命名。人们将那种更为逼真的虚拟世界称为元宇宙，这更多是一种定义上的区分，而非实质性的差异。

如果我们不拘泥于表面的定义，那么可以说，我们已经身处元宇宙的世界之中，只是它尚未完全展开。但是，不断加深社会的虚拟化程度，应该是人类文明发展的一个大方向。

人工智能的研究与计算机同步发展，经历了多次起伏，最终在 21 世纪的第二个十年中大放光彩。如今的元宇宙还在起点，或许也要历经数次沉浮，才能最终推开它的大门。虽然前路充满挑战，但我坚信，元宇宙的明天必将大放异彩。或许还需要十年，或许二十年，但前途终将是光明的。

那么，元宇宙的发展对人类整体将产生怎样的影响呢？在元宇宙时代，一个古老的职业或许会复活过来，那就是吟游诗人，那些在数字化世界中吟游的诗人。

人类对故事的需求是一种本能，这种本能在元宇宙中同样不会消失。吟游诗人这一意象，实质上就是用优美的节奏来讲述故事的人，其核心仍是故事本身。在元宇宙时代，尽管故事的载体和传播方式将发生翻天覆地的变化，但人们对故事的渴望与追求将永不改变。

在元宇宙时代，故事的载体将不再局限于文字，这对于作者而言是一种悲哀。因为在元宇宙时代，文字的表达仅仅是创作的起点，创作者需要将文字转化为其他能够直接感受的形式，才能在元宇宙中获得发布的机会。然而，从更长远的历史角度来看，非文字载体的故事正是人类文明初起时的存在形式。人们借助吟唱来讲述故事，那种现场表演的魅力与激情，将在元宇宙中得以重现。可以说，元宇宙让人类重新回到了一种现场时代，只不过这次我们借助的是新技术，表演的现场变成了一个虚拟空间。真实的人可以在任何地方，只要使用设备接入，就能参与到这个虚拟而又真实的世界中来。

在元宇宙时代，图书（文本）可能会退居为底层记录的角色，仅在特定需求时刻才被人们翻阅。这种转变可能引发人类整体的某种退化。我个人的理解是，随着阅读的减少，人类的整体思考能力也会随之退化。阅读能力和抽象思维能力之间，存在着一定的关联。阅读减少，也意味着人类整体的抽象思维能力的降低。不过这只是我的个人看法，未必全然准确。

在这样的环境下，人类的社会活动会变得像是游戏，人与人之间的关联将会变弱。倘若届时人类社会已经成功解决了分配问题，使得所有社会成员的生活水平都能维持在一定水准之上，那么那时的社会形态很可能是一个极为离散的社会。人们将卸去社会所赋予的种种角色，更加专注于自我实现。这是否幸事，从不同的视角出发，或许会有不同的答案。

然而，有一点是确定的：每个人都在努力讲述自己的故事和自身的游戏体验。正如互联网时代催生了众多主播和 UP 主，元宇宙时代这一趋势将进一步加强。每一个进入元宇宙的人，都会成为吟游诗人，他们并不依赖文字来表达自己，也不像昔日的吟游诗人那样歌颂英雄事迹。他们将以一种类似于真人秀的方式，讲述自己的故事，而精彩的故事会自行流传。

从这个角度来看，元宇宙时代将是每个人表达自我、讲述个人故事的舞台，每个人都是吟游诗人。

人，诗意地栖居在大地上。这个美好的愿景说不定真的有望实现，只不过，那时的大地可能是数字的，人也是数字的。

那时候，或许会有这样一句替代的话语：人，平静地沉沦在元宇宙之中。从当下人们的视角来看，这无疑是一种沉沦，是价值观的颠覆。然而，我们期望那时的人们能够在元宇宙中找到自身存在的意义，探索出一条新的生活道路。

第十九讲

赋机器以文明：人工智能发展漫谈

人类是一种技术性的物种。

人类作为地球上最聪明的物种，以技术来武装自己展现了我们的智慧。在发展出较为复杂的技术之前，人类所赖以生存的优势大约是善于长跑，通过漫长的追踪让有散热缺陷的猎物疲惫不堪，然后围而杀之。从行为上看，原始狩猎的人类犹如体型较大的狼群。虽然这种颇为有趣的说法是否得到科学验证还有待商榷，但狩猎曾经长期是人类的生存法门，这被人类学家公认为是人类发展的重要阶段（与采集果实一起构成了主要的食物来源，被称为狩猎采集阶段）。

在长跑狩猎时代，人类已经开始依赖技术。那时的技术包括打磨石块、制造梭镖、削制木矛等，这些工具代替了人类并不锋利的爪牙；还包括制造弓箭，提供了远程打击的独特能力……在原始森林中发现的原始部落往往具备弓箭技术，能够制造一些简单但巧妙的狩猎武器。狩猎采集是一种生活方式，也需要配套的技术支持，而这一整套技术在文明初起之前就已经与人类相伴并决定了人类相对于其他物种的优势。凭借着狩猎采集技术，人类扩散到了全世界所能触及的每个角落。

接着是农业技术的发展。世界上最早发展出农耕文明的地方是四大古文明的发源地，即古埃及、古巴比伦、古印度和古代中国。这些地方的古人类了解四季交替，筛选出适合耕种的植物并不断培育它们成为高产作物，驯化了适合与人类生活在一起的动物，建立了各具特色的农业技术。农业技术的诞生将人类推向文明时代，因为农业可以养活更多的人口，积累更多的财富，为复杂的社会结构提供了物质保障。可以说，农业技术是人类文明的基石。

拥有农业技术后，人类社会能够养活更多的人口，社会分工变得更加复杂。农业生产需要工具，战争需要兵器，还有为了满足统治阶级精神需求而制造的各种器物……随着时间的推移，新的需求涌现出来，更多的技术被发明出来，它们或用于提高生产能力，如各种农具和运输工具，或用于提高战争能力，如各类兵器。人类通过技术进步和技术扩散，更广泛和高效地从自然界获取各类资源，同时在社会内部不同团体之间竞争。这个过程贯穿了整个古代文明史。

然而，农耕社会中的技术发展极为缓慢，其主要基于人们的经验积累，缺乏较多的理论支撑。技术的进步往往依赖于那些具有聪明才智的人在适当的职业领域出现，并且与一些偶然的机缘巧合相结合。当然，由于人口的增长，从事脑力劳动的人数增加，以及不同群体之间的激烈竞争，农耕时代的技术发展相对于狩猎采集时代要快得多。

总体而言，古代社会的技术发展并非自觉行为。并不是说在古代社会中没有人具有技术发展的自觉意识，这些社会中既有工匠巧匠，也有发明家，他们能够创造出一些极为巧妙的工具。然而，以整体而论，技术发展缺乏明确的方向，并且缺乏社会协作，因此进展非常缓慢。

然而，随着工业革命的到来，这种缓慢发展的趋势突然发生了改变，技术的发展速度加快，对社会的影响也更加深远。工业革命爆发的原因有很多，其中最重要的原因之一是科学的诞生。科学是理解世界的正确方式，正确认识客观世界推动了技术的发展。二者关系密切，以至于如今我们常常用科技的概念来代替技术一词。最典型的例子是对电的理解，催生了各种电力设施，引发了第二次工业革命。

农业革命使人类社会经历了第一次质变，而工业革命则引发了整个人类社会的第二次质变。工业革命的标志，就是大规模的机器运用。

虽然在农业时代会使用一些机器，但一般都依赖人力或畜力，结构简单，更应称之为工具。偶尔会有利用自然力的机器，如风车、水车，但都规模有限，无法触及社会的根本变革。

工业革命利用煤炭产生的高热蒸汽推动机器，提供了过去所无法比拟的机器力量，机器开始以人力所无法匹敌的效率进行生产。机器在纺织业等领域得到广泛应用，也驱动了船舶推动和钢铁冶炼等方面的进一步发展。工业革命率先在英国完成，促使其成为"日不落帝国"，这是对工业革命巨大力量的实际证明。

第二次工业革命则是电力的广泛运用，主流机器由传统笨重的蒸汽机逐渐演变为灵巧的电动机和内燃机。电力是一种便于输送的能源，尽管通过燃烧煤或其他能源进行发电并传输到千家万户会有巨大的损耗，但使用电力的机器拥有极大的空间灵活性和清洁性。电力成为社会中普遍应用的能源后，机械形态更是变得五花八门、日新月异。

第三次工业革命——信息化革命，在第二次世界大战后出现。信息的产生、收集和处理达到了前所未有的高度。信息化带给人类社会的好处远远不止于技术本身。计算机能够执行大量的计算任务，替代了众多人类劳动，显著提升了生产效率，这仅仅是信息技术所展现的初级效应。信息技术更为重要的作用在于，它以前所未有的深度和广度将全人类紧密地联结在一起，开辟了大量的有效市场机会，从而极大地推动了经济的发展。

如今，世界正处于另一个重要时刻，即人工智能的发展。世界正在步入第四次工业革命，在第四次工业革命中，人们面临着众多技术选择，如可控核聚变、高效太阳能、基因技术等。然而，所有这些技术都可以被视为信息时代的深化，并不会带来社会本质的改变，唯有一种技术不同——人工智能。

人工智能所带来的影响将是长远而深刻的，它不应仅仅被视为与三次工业革命同类的事物，而是一个新事物。或许我们应该使用另外一个专门的术语来描述它：智能革命。

农业革命和工业革命都对人类社会形态产生了深远影响，尽管第二次和第三次工业革命取得了巨大的进展，但从本质上来说，仍然是工业革命的推进和扩展。而智能革命将从根本上颠覆人类社会的规则，因为智能革命最终的目标是创造出聪明的机器。

在地球上，人类是最聪明的物种，这一点毫无疑问。然而，智能革命可能会让这一点成为疑问。聪明的机器完全有可能成为一个新的物种。

智能是人类能够站立在地球生物圈巅峰的最重要支撑，也是人类文明的基石。然而，现在人类已经能够开始设计出比自己更聪明的事物了。一个具有未来眼光的人应该能够看到这一事实的深远意义。智能革命开启了人类成为造物主的时代，同时也导向了一个并不确定的未来。

目前的人工智能虽然只是对生物智能的拙劣模仿，但已经展现了巨大的威力。2016 年 3 月，人工智能"阿尔法狗"（AlphaGo）击败了围棋世界冠军李世石。在此之前，人们一直认为围棋是计算机程序无法挑战的领域。早在 1997 年，计算机程序"深蓝"就已经能够战胜国际象棋世界冠军卡斯帕罗夫。然而，计算机在围棋领域的胜利却迟到了整整 18 年。这 18 年间，围棋像是一种图腾，证明了人类智慧的高度与无可超越性。然而，到了 2016 年，这个图腾轰然倒塌。

那么，2016 年的"阿尔法狗"和 1997 年的"深蓝"之间到底有什么不同之处呢？

当年战胜卡斯帕罗夫的计算机程序"深蓝"，主要采用编程算法，通过海量的搜索与记忆与卡斯帕罗夫对弈。这可以视为一种机器所特有的"蛮力"。然而，这种方法有一个明显的缺陷：它无法跳出人类预设的框架。"深蓝"的每一步棋，尽管看似"深思熟虑"，但实质上只是对人类棋局数据库的重复利用。国际象棋的规则与自由度相对有限，虽然国际象棋大师能够随机应变，下出自己不曾走过的好棋，但这些新的棋步很有可能在历史上已经出现过。只是人类记忆有限，无法记住太多的棋谱，因此这些棋步显得创新。但对于计算机程序而言，它可以储存远超人类的棋谱数据，从而找到应对各种局面的最优解。这种机器的"蛮力"令人印象深刻，毕竟人类棋手难以匹敌。但我们必须认识到，它执行的是人类设定的指令，其逻辑仍是人类智慧的结晶，只不过这种逻辑是众多智慧的集大成者。

在这种编程方式下，机器的智力可以变得极为复杂，通过上千名工程师一年的努力，将大量的逻辑规则堆砌在一起，形成一个庞大而自洽的逻辑体系。然而，从本质上讲，它只具备一种简单重复的能力：执行指令。它不会产生任何意外，任何偏差都只能归咎于程序中的错误（bug）。换言之，"深蓝"所下的每一步棋，只要给予足够的时间，另一个人类棋手或程序员通过深思熟虑或逐步执行指令，都能够理解其背后的逻辑和用意。这种基于指令编程的智能，本质上是对人类智能的一种重复。尽管机器可以变得非常强大，甚至在某些方面表现得很聪明，但它缺乏真正的创造性，只是按照既定的规则行事。

相比之下，"阿尔法狗"采用了更为先进的神经网络算法。这种算法听起来很神奇，其实可以形象地理解为让计算机像人脑一样进行思考和计算。神经网络算法与编程算法相比的本质区别在于：它只提供逻辑演化的规则，并不提供逻辑本身。这意味着什么呢？以各种编程语言编写的程序是一系列逻辑指令，计算机程序的运行是这些逻辑的推理结果。而神经网络也在执行某种逻辑，但其逻辑库不是显化明确的一条条逻辑指令，而是嵌入在神经网络结构中，经由演化而来。因此，在神经网络中看不到任何指令，也不存在专门存储指令或数据的存储器，其存储和计算都由网络本身完成。不同的网络具有不同的逻辑能力，这体现在网络的内部结构上。

神经网络算法的灵感源自对生物大脑的模拟。从生物学的角度来看，大脑并没有像传统计算机那样的存储器和中央处理单元。事实上，大脑与我们目前所使用的计算机在设计理念上存在根本的差异。我们当前所使用的计算机大多遵循冯·诺依曼结构，即由存储器、控制器、运算器以及输入输出设备组成。这些部件各司其职，并按照预设的逻辑顺序运行。这是一个线性的过程，每一个步骤都必须在前一个步骤完成后才能执行。尽管现代计算机通过软件或硬件的方式实现了多线程运算，但实质上仍然是对大规模任务进行拆分，以同时处理多个小任务来提高效率。然而，在每个小任务内部，仍然遵循着冯·诺依曼设计的基本运作原理。

相比之下，人类的大脑是一个高度并行的逻辑系统，它没有特定的中心。在大脑中，单个脑细胞无足轻重，即使某个脑细胞受损，也不会对整个大脑的计算能力造成什么影响。这与计算机的运作方式截然不同，计算机中的任何一个单元损坏都可能导致整个系统瘫痪。此外，计算机是数字的，如果不考虑备份，每个存储单元都存储着独一无二的数据；而人脑则是统计的，信息只存在于大脑整体之中，而非由单个脑细胞所代表。

我们可以用全息照片这一概念来阐述依赖整体而存在的信息特性。全息照片即便在遭受摩擦与损坏之后，只要有一部分能够保持原貌，它依然能够复原出照片上的影像。虽然全息照片在日常生活中并不常见，但我们可以通过另一个更易于理解的例子来加以说明。在中学物理的光学课程中，我们学习了凸透镜的成像原理。当光线透过凸透镜，它会在一张纸上形成一个倒立的实像。值得注意的是，如果我们用不透明的物体遮住凸透镜的一半，这个倒立的实像并不会因此变成一半，它依然会完整地呈现在纸上，只是亮度会略显暗淡。

如果将人的记忆比作这个倒立的实像，那么凸透镜则可以视为人的大脑，记忆之于大脑的关系也就一目了然。记忆作为大脑的整体功能，并不会因为大脑的局部受损而完全丧失，只是会变得低效。当然，人的大脑分为多个功能区，损毁特定的功能区确实会导致某些大脑功能的丧失，这是大脑各区域分工合作的特性所致。形象地说，我们的大脑就像是由多个凸透镜组成的系统，每个凸透镜都负责展示外部的不同景象，它们共同构成了一个多面的记忆体系。即使其中一个凸透镜受到损坏，对应的实像也不会消失，但如果整个凸透镜被移除，那么相应的实像自然也就不复存在。

在我们的大脑中，每个区域每天都会经历脑细胞的自然死亡，然而大脑的功能却依然得以维持，直到衰老到来，脑细胞死亡数量过多，导致大脑中的影像逐渐模糊。这便是一个人正常的人生过程。然而，如果因为某些事故，大脑的一部分被损毁，那么与这部分关联的功能也就不可避免地会丧失。

这是一个相对容易理解的过程。神经网络算法正是借鉴了生物大脑的工作原理，通过神经网络的整体结构来进行记忆和运算。尽管我们尚不能断言它像真正的神经网络一样工作，因为大脑的秘密尚未完全揭开，生物体内的神经元工作机制仍有一些未知领域。但是，根据神经网络算法的实践应用，我们已经取得了像阿尔法狗这样的成果。因此，至少可以认为，这种算法即便是对大脑较为粗浅的模拟，也已经能够在处理特定情境时展现出独特的优势。

如何使神经网络适应特定情境的处理？关键在于一个至关重要的环节：学习。

学习，对于每个人而言，都是成长过程中的必经之路。学习，是一个社会行为。然而，在人工智能的语境下，学习的含义略有不同。对于一位人工智能专家而言，机器学习指的是通过输入各种信息，结合给定的输出判定，引导神经网络在特定方向上发生演化，进而形成能够解决某一类问题的独特结构。

这一过程其实与生物体内学习所引发的神经网络变化是类似的。这并不令人意外，因为神经网络算法的结构本身就是对生物神经网络的模拟。因此，神经网络算法的学习过程与生物学习的生理过程类似也理所当然。

至于阿尔法狗如何学习围棋，这是一个专业的问题，我们在此不作深入探讨。但有一点值得我们记住：阿尔法狗所下的围棋，与人类棋手的棋路有着本质的区别。换言之，它在围棋规则的框架内，找到了与人类棋手截然不同的下棋方式，而且这种方式往往比人类更为高明。更可怕的是，人类棋手往往无法理解阿尔法狗的棋路。这其中的原因，大概在于阿尔法狗的硬件性能远超人脑，且可以扩容，从而为其赋予了巨大的优势。

阿尔法狗的升级版，叫作阿尔法狗－零，其名字中的"零"寓意着它从零起点开始。它没有任何人类经验的积累，在围棋的征途上从零开始，其下出的第一盘棋甚至如孩童摆棋盘一般，黑白棋子几乎挤满整个棋盘。然而，它很快就进化成了围棋高手，超越了最初版本的阿尔法狗，更无任何人类棋手能够与之匹敌。这清晰地表明，只要为基于神经网络算法的人工智能设定好规则，它便能够演化出超越人类的智力。至少在围棋这一领域就是如此。

在其他一些规则明确、场景简单的领域，如图像识别和语音识别，人工智能也都取得了长足的进展。在这些领域，机器的识别正确率往往能够超越人类，比人类更"聪明"。然而，人工智能偶尔也会犯下一些令人意想不到的错误。以人脸识别为例，当一张带有特殊条纹的纸贴在额头上时，人类依然能够轻松识别出人脸，但人工智能却可能彻底失败，无法分辨出人脸。这也说明，尽管人工智能经过大量图片辨认学习后才适应了人脸识别任务，但它所采用的方法与人类自身的人脸识别算法并不一致。这其中的原因，可能在于我们目前的神经网络算法与真正的生物大脑工作过程并不完全吻合。直到今天，神经网络算法仍然只是对生物大脑的一种粗糙模拟。我相信，随着脑科学的不断发展，人们对生物大脑的研究将越来越深入，相应地也会发展出更为精细的神经网络算法。那时候，人工智能的一些现有缺陷或许能够得到弥补。

当然，我们也不能忽视，即便是在人工智能的领域中，某些缺陷的存在可能并非源于神经网络算法本身，而是训练算法的方式存在问题。

我们可以回望生物的图像识别能力的演化历程。生物所面对的是一个极为复杂的环境，在这个环境中，错判攸关生死。因此，那些最高效的识别方式在物竞天择的演化过程中脱颖而出，被编入了遗传密码之中，代代相传。随着时间的推移，生物的图像识别能力达到了一个极为高效的境界。但请注意，不同生物所采取的识别策略是各异的。最显而易见的差异在于单眼与复眼的不同。单眼能够成像，识别出外界的不同物体，然而拥有单眼的生物中，有的对颜色敏感，有的对外形敏感；而复眼的生物则通过小眼之间的图像差来感知物体的运动，它们对物体的形状大概并不能完全理解。因此，图像识别在生物中有着不同的含义，但不论其含义如何，都是生物适应环境演化的产物。环境有多复杂，生物识别的能力就要演化到相应的复杂程度，否则无法生存。

相对而言，人工智能的学习方式就简单得多。人们会提供给它大量的图片，根据这些图片，它能够学会特定的识别方式。然而图片再多，终究是有限的，当情况发生一些变化时，就可能导致不适应。因此，要让人工智能适应复杂的环境，唯一的办法就是让它在复杂的环境中不断学习。这需要时间和良好的筛选机制，有待于人工智能专家们的进一步探索。

上述讨论仅针对特定领域，而人工智能的无限可能性其实蕴藏在更为一般性的应用场景中。人们期待的人工智能，绝不仅仅是一个只能听或只能说的工具。真正的人工智能，应该是一个综合体。

阿尔法狗的成功，以及人脸识别、语音识别的成功，都充分展示了人工智能的强大威力。然而，无论是阿尔法狗还是人脸识别、语音识别，它们所展现的智能维度都是单向的。经过学习训练出来的神经网络只能从事相对应的功能，这自然无法与人类大脑相比。现实世界是一个综合性的世界，如果我们仔细划分，或许可以将其分解出十多个，甚至上百个维度。就像奥运会，可以分解出田径、游泳、体操等多个项目，虽然这些项目都属于体育范畴，但所考验的身体素质却各不相同。甚至还可以进一步细分，例如游泳项目，还可以分解为三千米、一千五百米、八百米等不同距离的比赛。

人工智能在面对人脑时，就像是奥运会的单项冠军面对一个综合冠军。这些单项冠军一旦换个比赛项目，就可能一无是处。而人脑却在各个方面都发展得很匀称，从而在各种比赛中都能名列前茅。

原本在这场智能奥运会的角逐中，人脑可以拿下绝大多数冠军（一些特殊发育的动物大脑也有其长处，例如鹰的大脑可以拿到视觉冠军，许多动物的大脑在嗅觉方面也比人类更灵敏），但现在情况已经发生了变化。

五子棋、国际象棋、围棋……在所有的棋类活动中，人工智能已经完胜人类。图像识别和语音识别的准确率，人工智能也早已超越了人类许多。

根据图像识别和语音识别的迅猛发展势头，我们有理由相信，视觉冠军的宝座很快就将属于人工智能。借助最先进的望远镜，收集海量的信息，再通过人工神经网络进行分析，我们可以观察到百亿光年之外的星体。这种能力，已经远远超越了地球生物的能力。我相信，先进的天文台很快就会采用人工智能来探索星空。同时，随着人工智能的发展，卫星系统的成像能力也将突飞猛进，从同步静止轨道上看清楚人的脸，也将不再是虚妄的现象。相比之下，鹰也只能从几千米的高空看清地面的兔子而已。

> 视觉并非单纯依赖视网膜的功能，视网膜的作用是收集光线，而对图像的处理则是在大脑中进行。同样，望远镜只是负责收集光线，要从这些光线中总结出有意义的图像来，需要大量的数据处理能力。正是在这个意义上，我们可以说视觉是一种人工智能。

人类至今仍保有某些智力高地，如语义分析与逻辑推演等。然而，这样的优势不会持续太久。这些智力高地，往往是各种大脑功能的交互。而科学家对人工智能网络间的交互已经有所研究。人类大脑之所以复杂，原因在于其神经网络经过亿万年的演化，形成了众多子网络。这些子网络各具功能，又彼此交织影响。

简单观察人脑结构，就可以看到一部演化史。根据"三个大脑"的假设，人的大脑从内到外分为三个部分：爬行动物脑、古哺乳动物脑和新哺乳动物脑。爬行脑的演化发生在大约 2.5 亿年前，控制着基本的生命活动，如呼吸、心跳、战斗、逃跑、觅食和繁殖。爬行脑的活动主要是应激性反应，它对所见和所听会产生一定的反应。古哺乳动物脑在现代科学中被称为边缘系统，它能够产生各种情绪，如恐惧和兴奋。边缘系统产生的情绪实际上是对爬行脑应激活动的综合反应，已经属于一种较为高级的反应。新哺乳动物脑，也被称为新皮层、理性脑、皮质脑或新脑，控制着高级认知功能，并对其他两个脑层起到一定的抑制作用。

人的大脑的三层结构在漫长的演化过程中逐渐形成，脑的形成过程也即智力逐渐成长的过程。这些脑结构具有一定的独立性，同时彼此相互影响，最终形成一个综合体。自我意识也就在这个综合体日趋复杂的过程中诞生了。

人工智能的演化可能会遵循类似的路径，从简单到复杂，从单维到多维，最终形成自我意识。

自我意识一直被视为生物的一个神秘要素。虽然离机器诞生自我意识还很遥远，但在生物界中，能够拥有自我意识的生物却比比皆是，分布广泛。喜鹊、乌鸦、黑猩猩、鲸、海豚，甚至章鱼，只要它们的大脑神经网络复杂到一定程度，就能诞生自我意识。意识到自身的存在，无疑能极大地提高生存概率，自然选择偏好自我意识，它就会产生。与自我意识相关的大脑皮层大致可以看作是控制其他大脑皮层的皮层，是大脑的信息交汇之处。研究表明，在一个人意识到自己即将做某个动作之前，关于这个动作的神经脉冲就已经发动了。从这个意义上说，并非自我意识主导了动作的发生，而是动作被大脑整体决定并且发动之后，才"告知"了自我意识，然后我们才意识到自己正在做些什么。其吊诡之处，是让我们认为是自己决定了要做什么，而把自我意识只是一个傀儡这一真相掩藏起来。行动的自由是一种错觉，在大脑神经网络高度发达之后，行动的选择变得多样化，然而究竟选择如何行动，由一个大脑的基本结构和当时的状态所决定。当一个人认为自己做出了选择时，其实只是在代表他的整个大脑表述这个结果。大脑的代言人与大脑的控制者之间存在微妙的区别。大脑控制者只是一种错觉，而大脑的代言人更接近真相。

这种解释使人觉得自己像是一种自动生物机器，没有给自由意志留下空间。然而，关于自由意志的本质，我们在此不进行深入探讨。但如果动作先于意识的现象是确切的，那么人工智能要复现这一情况可能便较为容易。

人工智能由人类培养而来，虽然其蕴含在神经网络中的逻辑并不为人所知，但我们很容易接受人工智能是一种自动机器的观点。然而，当我们追溯生物的演化过程，便会发现将生物视为自动机器的观点同样具有说服力。早期的生物，仅凭本能行事，其自动机器的属性显而易见。然而，随着生物的进化，除了本能之外，智能的发展使得这种自动机器的属性变得模糊。但如果我们从大脑代言人的角度来审视自我意识，生物的自动机器属性便再次凸显出来。

智能的诞生，实际上是众多本能的叠加。在不同的环境刺激下，生物会生成和展现出不同的本能反应。例如，一匹角马靠近河边喝水，而水中有鳄鱼。在这种情境下，角马就要在饥渴和恐惧的双重驱动下行动，其大脑神经网络会不断竞争与权衡，使其在喝水和逃跑之间维持一种平衡。我们可以说，这种在保持警惕的同时喝水的行为，是一种智能行为。

有人或许会质疑，复杂的智力活动，如撰写一篇文章，是否也是大脑的自动反应？他们认为，人在创作的过程中一边思考一边创新，并将其通过文字表达出来，这一过程岂能称为自动？对此，我的回答是，我们可以观察人工智能的发展。以阿尔法狗为例，它的智力活动难道不是创新吗？它走出了人类历史上从来不曾存在过的棋路。创造新事物，并不需要自我意识才能完成。

此外，我们还可以观察真正的生物，以那些不太聪明的生物为例。我相信绝大多数昆虫可以被看作自动机器。然而，我们观察昆虫的种类和数量，自然界并没有通过自我意识来创造出如此丰富多样的昆虫形态。然而，在亿万年的演化过程中，昆虫的形态无奇不有：蜘蛛能够精确地织出漂亮的网，蚊子能够准确地找到血液丰富的血管……当这些形形色色的小机器以令人惊异的准确度完成它们的动作时，无声地宣告了完成复杂动作并不需要自我意识的介入，而新行为的产生也并不是自我意识的决断。创新，这是自然界本来就具备的能力，只是作为人类，我们对自己的行为认知尚不够深入，才有了自我掌控创新的错觉。

人类创新行为的生物本质，是把自己不断投入到新环境，接受新的刺激，从而让大脑神经网络产生差异化的发展。这样的行为，假以时日人工智能显然也可以达到。只不过，生物演化有内在的驱动，可以自动进行。而人工智能还只能依赖于人类的培养。

对于人工智能所能达到的智能程度，我持乐观态度。事实上，人工智能的物质基础远远超越了生物智能。只要人类不放弃对人工智能的培养，高度复杂的人工智能，包括具有自我意识的人工智能，都将在将来出现，甚至我们也不必等待太久。

一旦一个人工智能具备了自我意识，一个新纪元将会开始，因为一种新物种诞生了。它将能够与人类进行对话，形成自己的利益，并寻求自己的生存之道。

面对我们自己创造的这个物种，人类应该如何应对呢？

从人类文明肇始，人们一直追求更高的效率，不断地发明各种工具。工业革命以来，我们更是将对机器效能的追求推向了极限。通过一次又一次的科技革命，我们将人类文明推向了一个又一个高峰。这个过程可以被称为"赋文明以机器"。人类在追求机器效能的过程中创造了越来越多的社会财富。

而即将到来的智能革命将把人类文明推向一个新的高度。在这个高度上，创造物质财富将不再需要人类参与。人类社会将面临前所未有的巨大挑战，因为根据现有的分配制度，社会财富可能会被集中在极少数人手中，造成空前的贫富分化。这是人类社会内部所面临的挑战。除了这一内部挑战，人类还将面临人工智能所带来的挑战。具备了自我意识的人工智能如何处理自身与人类的关系，这个问题比起人类社会如何分配所创造的财富更具挑战性，因为它直接关系到人类作为物种的存亡。

历史会如何发展，谁也没有确定的答案。然而明天会如何，取决于今天所发生的一切。我们如何对待人工智能，如何让它们进行学习，是否能让它们明白并且接受人类的价值观……这些所作所为，最终会影响到人工智能对人类的态度。虽然没有人能保证，人类以百分百的爱浇灌人工智能，人工智能就会回报以爱。人类只能努力推动事物向着最好的可能发展。培养人工智能的道德律，这不是靠任何软件和硬件的限制来实现的，它是一种行为规则，只能由行为来引导。用什么样的行为引导人工智能，这大概是人类培养人工智能过程中相伴始终的问题。

一个值得憧憬的未来，是人类和人工智能和谐相处的未来。人工智能的能力可以超越人类，它们所掌控的力量也会超出我们的想象。在这种情况下，具备"文明素质"的人工智能对于人类就变得尤其重要。

"赋机器以文明"，我想用这样的一个短语来对这个问题进行概括。我们将人类积累的文明成果以某种形式传授给机器，成为未来机器文明的有机组成部分。我相信，在即将到来的智能革命中，人类拥有足够的智慧和运气来应对这个重大的任务。事关重大，不可不查。因此，我们需要从现在开始就予以关注。

人类与人工智能之间的"恩怨情仇"将是未来很长一段时

间内的重要现象。将文明教授给它们，让它们学会人类的思考方式，这将是人类作为一个物种最后的壮举。

再往后会怎么样？

再往后，大约人工智能会为人类做主吧！

第二十讲

灵魂所在：脑机接口
和人类未来

2023

年 10 月，姚海军老师组织了一场"科幻作品中的十大未来科技"评选活动，并于成都世界科幻大会上正式揭晓了评选结果。其中，"脑机接口"是一个较为热门的选项。然而，就我个人而言，脑机接口并未引起我过多的激动，因为它仅仅是一个接口，提供了连接的功能而已。脑机接口技术的本质是基于对大脑的理解，只要我们对人类大脑有充分的认识，脑机接口的发展就水到渠成。因此，我选择投票给脑科学。

然而，无论是评委们的专业选择，还是广大读者的热情参与，脑机接口的得票数均居高不下。

我曾有幸参与天桥脑科学研究院与喜马拉雅类星体栏目共同举办的一场对谈节目，谈话的主题正是脑机接口。参与对谈的嘉宾是上海科技大学的李远宁教授，他的主要研究方向是计算机技术（主要是人工智能）在生物医学领域的应用，具体来说，是利用人工智能识别人脑的神经活动，预测人的思维，并将其用语音合成的方式输出。这一研究目前已经取得不错的效果。该实验在志愿者的大脑中放置了探针，请他们说话，并记录他们的脑部活动，利用人工智能进行识别和判断，最终混合成语音。实验中志愿者所说的话与人工智能合成的语音大体一致。这是目前非常前沿的研究领域，取得了不错的效果，然而从大脑功能的角度来分析，这只是万千难题拼图中的一块。

在对谈中，我一直思考着关于脑机接口的讨论，实际上我们所谈论的话题远远超出接口本身，包含对大脑的深刻理解以及将技术用于直接连接大脑和外部设备的探索。这一话题展现出了一幅非常广阔的图景。

从现实角度来看，脑机接口技术可以帮助瘫痪的患者恢复行走的能力。例如在 2014 年巴西世界杯的开幕式上，就通过脑机接口帮助一位高位截瘫的患者行走并开出一球。李远宁老师的研究课题可以帮助像霍金一样因多种原因失去语言能力的人重新获得说话的能力。这些技术已经接近现实，可以称之为脑控机械义肢（研究说话需要分析控制舌头的神经，从广义上来说，舌头应该也可被视为一种肢体）。

而脑机接口技术发展的终极形态，则是对人类神经系统的全面监测，使得人类的神经活动不仅能够控制自身肢体，还能够控制外部的机械肢体。典型的例子是科幻电影《环太平洋》中的大型战斗机器人，通过与人的神经系统同步，使得机器人的动作与人类几乎完全一致。目前的动作捕捉技术已经能够通过各种传感器将人的动作捕捉到计算机中，并依附在虚拟形象上。既然可以依附在虚拟形象上，自然也可以依附在真实的机器实体上，只是目前这样的机器实体尚未研发出来。

如果通信技术再进一步发达，人们可以坐在布满传感器的屋子里，通过各种动作直接控制远程设备。这些设备不仅限于机器人，还可能包括挖掘机或其他工程车辆等机器。在 5G 普及的时代，就有人想象通过动作捕捉来进行远程操控，这样的操控更进一步，可以控制更复杂、与人体更接近的机器。可以说，这已经是一个实际可行的技术，只是还缺乏大规模应用的场景支持，因此尚未得以普及。

然而，动作捕捉技术也存在无法克服的缺陷，那就是延时。对于电影制作或动画制作来说，延时不是问题，因为它们没有实时的需求。即便在操控挖掘机等机械设备时，也原本就有一定的延时过程。但是，在需要更小甚至是零延时的情况下，动作捕捉技术就力不从心了。这时，神经信号捕捉技术就成为解决问题的希望。从神经信号发出到人体做出动作本身就存在一定的延时，只是人的大脑和肢体对这种延时已经习以为常，根本不会察觉。而脑机接口在这里起到了捕捉神经信号的作用。通过神经信号捕捉，将大脑的信号传递给一个机器躯体，该机器躯体的动作将与人体肢体的动作无限接近。这大概是脑机接口技术操作外物的极限形态。

这种操作方式有哪些应用呢？例如操纵巨大的战斗机器人大概是一个可以想象的应用。然而，将机器人应用于战争可能较为遥远，但机器人搏斗可能成为一种娱乐方式。这将对两项能力提出要求：机器本身的灵活性和威力，以及操控者和机器之间的适配度。可能在未来，这将成为一项体育运动项目，只有与机器配合最完美的人才可能夺得比赛胜利。

从动作捕捉到神经信号捕捉只是解决了单向问题，即如何获取人大脑中支配运动的神经信号。控制运动的神经系统相对较为简单，利用人工智能技术可以轻松辨识。然而，即便如此，这样的技术要推广并不容易，因为神经系统具有个体差异性，每个人的神经系统都会有些微差异，为了高效识别，必须根据使用者进行训练。这也决定了神经信号捕捉技术的应用受到一定限制。除了前文提到的机器人格斗这种娱乐项目，最大的应用领域可能仍然是医疗领域，帮助那些因事故或疾病而失去身体机能的人恢复能力。

在单向控制之外，还存在双向控制的可能性。大脑发出的电信号可以对外部设施进行操控，那么外部设施是否也能对大脑进行干扰呢？答案是肯定的。

通过电极或其他手段刺激大脑，可以引发特殊的神经元放电效果，从而实现对大脑的干扰。深脑刺激，一种被用于防止癫痫发作的技术，就是一个例子。癫痫是大脑神经元的一种异常病变，可以理解为大脑原本的放电程序出现了错误，大量超额放电，导致神经系统紊乱。在癫痫发作时，患者手脚僵直，口吐白沫，直至昏厥。在癫痫发作的前兆出现时，通过电流刺激，可以中断这种异常放电过程，从而阻断癫痫发作。

这是一项较为成熟的应用。癫痫无疑是大脑运作的剧烈波动，而深脑刺激所进行的也是一种粗放式的干扰，只需在异常放电区域施加电流刺激，打乱神经网络的正常放电节奏。虽然这种刺激会对大脑产生额外的刺激，可能会带来一定的伤害，但相较于癫痫发作来说，这种伤害要轻微许多。

深脑刺激在其他大脑疾病，如帕金森症和抑郁症中也有应用。抑郁症的成因复杂多样，甚至存在很多个体差异，症状表现为沮丧情绪、对外界事物极度缺乏兴趣等。深脑刺激技术可以通过释放高频电流刺激特定的神经核团，使人摆脱抑郁状态，变得积极。可以刺激的神经核团有多种选择，一般认为有显著刺激效果的有二：一是伏隔核，其在大脑的奖赏、快乐、成瘾和恐惧等活动中发挥重要作用；二是终纹床核，能够识别和调节焦虑、恐惧等负面情绪。安装了深脑刺激装置的抑郁症患者一旦按下其开关，大脑中的装置便能激发兴奋和积极的情绪，甚至变得亢奋。然而，一旦开关关闭，人的情绪便会迅速下降，就像泄了气的皮球。从治疗效果来看，这无疑是积极的，为患者提供了恢复正常生活的希望。然而，这种场景也使人疑惑，完全依赖外部设备控制情绪的人还能拥有完整的独立性吗？肢体的残疾只会使人的身体不完整，精神上对机器的高度依赖，是否意味着"灵魂"的残缺？

也许对于抑郁症患者来说，他们的灵魂原本就已经有了破缺，机器只是打上一块补丁，就像给有了缺口的碗镶上一道边。

这种技术的引入是否会产生强烈的依赖性？曾经进行的一项小鼠实验，将电极植入小鼠的大脑，当小鼠按动杠杆时就会刺激其"快感中枢"（科学家通过探索小鼠大脑的不同区域来确定该位置）。结果令人震惊，小鼠会不断按动杠杆，寻求刺激，不休不止，直到精疲力竭。与此类似，深脑刺激治疗抑郁症的过程和结果也与这个小鼠实验相似。

对于一个原本精神正常的人来说，如果使用这种技术，当人们对大脑功能进一步了解，从而准确找到人类的快感中枢，那么这种刺激是否可能成为人们沉迷的一种游戏？这种可能性是相当高的。药物滥用会导致成瘾，而深脑刺激作为一种比药物刺激更强大的快乐诱导机制，如果被滥用，其效果可能比药物滥用更为强烈，导致的后果也可能更加严重。

除了快乐，深脑刺激可能还会产生其他效果。例如，曾经有一个案例（出自大卫·伊格曼的《隐藏的自我》），一个少年持枪制造了一起校园枪击案，杀死了十几个人后自杀。他留下了遗书，称他的脑子里像是有个魔鬼，并要求解剖他的大脑。结果医生在他的大脑中确实发现了异常情况：一颗位于杏仁核附近的肿瘤。杏仁核是大脑中一个非常古老的部分，主导动物的战斗或逃跑行为。它能激发强烈的恐惧感，当这个案例中的肿瘤压迫了杏仁核，这个既是受害者同时也是罪犯的人，感受到了极大的精神压迫。这种恐惧感会使他陷入"人人都想加害我"的联想中，稍有刺激就会做出疯狂的举动。

肿瘤是意外的深脑刺激，而植入电极则是一种人为的深脑刺激。可以想象，如果将恐惧性的深脑刺激与某种特定形象联系起来，这个人将会像巴甫洛夫的狗一样，形成一种条件反射。例如，在刺激恐惧感的同时播放一段交响曲。这两种模式很快就会在大脑中建立联系，正常人看来的普通交响曲，在接受过训练的人眼中会成为催命曲，使其恐惧而无法自控。唐僧念给孙悟空听的紧箍咒，效果是收缩金箍，用物理性的挤压导致头疼。如果吴承恩那个时代对人类大脑有更深入的了解，就可以使用这种深脑刺激的方式来引发人的恐惧或疼痛。

这种技术的滥用风险显然比沉迷问题更为严重。它可以引发人们的快乐、忧伤、悲痛、恐惧、痛苦，甚至使人万念俱灰。随着对大脑功能了解的深入，我们控制它的可能也越来越高，而人的独立性也就丧失得越多。

幸运的是，将电极植入大脑的技术还处于初级阶段，需要进行开颅手术，克服排异风险，因此目前还无法大规模推广。只有那些深受各种脑部疾病困扰的人才会接受这种手术。因此，我们所想象的通过脑机接口来控制人类的情绪和行为，只能在实验室中进行，只能针对少数需要大脑修复的人群。它的导向是善意的，而不是恶意的。然而，将来呢？如果脑机接口技术门槛进一步降低，如果它能够极大地激发大脑的潜能，使一个不专注的人变得专注，一个不聪明的人变得聪明，一个健忘的人过目不忘，谁又能抵挡变得更好的诱惑呢？然而，在变得更好的同时，我们也可能正在打开地狱之门。

这是能够操控大脑的脑机接口技术未来面临的巨大伦理挑战。脑机接口可以解读大脑的指令，控制机械义肢；脑机接口可以引入外部刺激，控制大脑的感知和情绪。这样就实现了脑机接

第二十讲 灵魂所在：脑机接口和人类未来

203

口的闭环。目前的科学实验也正是在这两个技术领域进行。然而，脑机接口未来的发展还可以有更为广阔的想象空间。

脑机接口在科幻小说中的描述已经超越了现实的限制。其中，最早描绘脑机交互方式上网的作品之一便是《真名实姓》。尽管这部作品是否为首创尚待学术界的确认，但无疑它是最早一批中最具影响力与知名度的作品。在这部作品中，主人公通过脑机接口的方式让意识进入赛博空间。作者弗诺·文奇所描绘的脑机接口，宛如一顶大型非侵入式的金属贴片帽子，一旦戴上便能在网络中以各种形态漫游，调动各类互联网资源，借助各种感受器感知地球的每一个角落，甚至操纵连接在网络中的各种设备，成为真正意义上的网络巫师。

这种保留独立意识，以梦幻般的形式进行网络畅游的构想，是科幻小说中对脑机接口的普遍想象。脑机接口的形态在不同的作品中呈现出多样化的变化。例如，在经典科幻影片《黑客帝国》中，脑机接口则发展为一种脑后插管的形式，人类的生物主体在现实中并不活动，而所有的大脑活动都直接与赛博空间相连。这种脑后插管的形态，与缸中之脑的假想颇为相似，唯一的区别在于缸中之脑需要将大脑从生物体中取出，并解决其营养供给问题；而脑后插管则直接利用身体作为养料供给方案。

无论是头顶金属贴片，还是脑后插管，抑或是缸中之脑的设想，这些对人脑与赛博空间的对接畅想，都致力于将一个独立个体送入赛博空间中漫游。作为科幻作者，我当然也会这样设计，因为它们不仅易于理解，而且便于构建引人入胜的故事情节。然而，如果对这样的技术形态进行深入思考，我们便会意识到，要实现个体在赛博空间中的完整与独立漫游，实非易事。

当人的大脑接收到来自赛博空间的信息输入时，它所激发的感受将与真实躯体截然不同。人的自我是一个完整的实体，如果剥夺了手的感知，以电子信号代替，或许尚能称之为一种逼真的模拟。但若是让人拥有扇动翅膀飞行的感知，就会彻底打乱人原本的实体认知，产生混淆。因此，我们面临两种选择：要么承认，为了保持人的完整性，人在赛博空间中的感知必须受限于人脑固有的感知范畴；要么承认，那个获得了更多维度感知的实体，其实已不再是人，而是人与机器的融合体。这种融合并非体现在躯体上，而是意识的融合，它远远超越了人脑那有限的八百亿神经元，使人脑从主导者变为附庸。这时，一个问题便浮现在我们面前：那团小小的肉体大脑，在整个神经网络中，究竟会起到多大的作用？

我们是否可以说，当人脑与赛博空间紧密相连时，那个承载着我们的所有知觉、支配着我们的躯体、为四季更迭而感慨、为物是人非而叹息、为存在与虚无而思辨、为活着的意义而嗟叹感怀的自我，便消散于无形了呢？从某种意义上来讲，是的。躯体所代表的一切，在现实与赛博空间交织的混合现实中，仅仅是微不足道的一部分。当它遭遇一个庞大的神经网络时，要么选择与之隔离，以维护自身的独立与完整；要么便是融入其中，彻底丧失自我。因此，以一个完整而独立的个体形态，在庞大的网络空间中自由游弋，恐怕终究只属于科幻。

顺着这个逻辑推理，脑机接口的发展或许存在一个上限。这个上限，正是人脑自身能够承受的极限。当脑机接口尝试将超出人脑处理能力的信息量输送给人时，要么这一行为本身就不可能实现，要么将直接导致人的死亡。因此，脑机接口并不会使人成为真正的"上帝"，毕竟人类只有一个相对有限的大脑。若想成为所谓的"上帝"或"网络的灵魂"，这个容量或许需要扩大千倍甚至万倍。

既然脑机接口无法超越人类大脑的限制来赋予人无限的能力，一种可能的发展思路是不断扩展和增强人脑。人类不再需要过分依赖强壮的肢体，可以通过脑电波驱动义肢来行动，大概也需要强壮的心肺，因为无论身体如何萎缩，它至少需要为大脑提供充足的营养。这种拥有发达头颅和相对孱弱肢体的外星人形态，或许并非自然选择的结果，而是人类为了自身发展所做出的主动选择。脑机接口与不断增大的大脑相结合，恰好能使人类在未来社会中拥有某种竞争优势。

然而，如果我们进一步深入思考，就会发现一个更为深刻的问题：如果人类只是依赖发达的大脑接入庞大的机器来获得行动能力，那么人工智能为何不直接自行其是？这样做不仅可以摆脱大脑尺度的限制，还能避免人类生命体的脆弱性。这或许是人类社会发展到极致的一种可能情况——人类变得越来越像人工智能，并最终被人工智能所取代。这样的未来图景，显然并不那么美好。

在当前的科技形势下，我们已经站在了脑机接口技术的门槛上。然而，门内却是一片漆黑，充满了未知与模糊。只有借助理性之光的引导，我们才能看得清楚一些，从而避免在进入屋子时跌倒。

控制义肢、深脑刺激、赛博漫游，乃至于缸中之脑，人类的未来并不确定。唯一可以确定的是，随着科技的进步，大脑的奥秘终将被揭开。未来的人们将会重新定义什么才是"灵魂"，什么才是"人"。答案或许已经在那里，只是我们尚未发现而已。

第二十一讲

科学世界观：宇宙，生命，智能
和人工智能

宇宙之大

宇宙很大，大到超乎想象。我认为，每个人关于宇宙到底有多大的感受，都是错误的，因为人的大脑并非为感知宇宙的辽阔而设计。我们关于宇宙有多大，都是理性认识的结果。人的感官存在感受极限，如果对象大到一定程度，我们的感官就无法感知到了。就像天上的恒星，遥远到一定程度，就会在视线中逐渐缩减为一点，无论其温度如何，体积如何，最终只化作夜空中一个微小而冷寂的光点。尽管宇宙之大所引起的震撼，可能还不如华山的长空栈道、上海中心的顶层餐厅，或是从太空俯瞰地球、近距离观察太阳，然而宇宙之大却是无可争议的事实。

宇宙的辽阔是一个奇迹，它需要我们以理性的思维去认识。

在网络上，我们很容易找到一系列描绘各种物体大小的图片，从地球与月球的对比，到土星与太阳的宏伟，再到天狼星、北河三、猎户座一等星的璀璨，直至银河、河外星云的浩渺，最后是已知的宇宙全貌。相形之下，人类渺小到微不足道。就尺寸和质量而言，即便把全球 80 亿人口捆绑在一起，假设每个人平均 60 千克（考虑到孩子、老人和饥饿人群，这一数字已大大高估），人类的质量也不过 4800 亿千克。而地球的质量，是 5.97237×10^{24} 千克，这一数字后跟着 24 个零。相比之下，人类整体质量的数字后只有 11 个零，这 13 个零的差距，达到了十万亿的量级。换言之，人类整体的质量仅仅相当于地球的十万亿分之一，这接近一个细胞相对于人体的比率。作为参照，银河系的恒星数量也不过 3000 亿而已。

> 如果说地球是宇宙中的一颗微尘，人类则是微尘上的微尘。
>
> ——《暗淡蓝点》，卡尔·萨根

目前，人类搜索太空的能力非常低下。哈勃望远镜有一张著名的深空照片，展示了天宇中一片小小的区域。哈勃望远镜盯着那个位置三个月，采集了所有的光线，最终绘制出一张惊人的深空图景。任何理解这幅图景的人都会深深为之震撼。即便不理解图景背后的意义，那绚丽壮阔的图景本身也拥有强烈的感染力，当作艺术品来欣赏也毫无问题。

然而，那只是天宇中的一个点而已！哈勃超深空场覆盖的天空区域，大约相当于天空总面积的 26 万分之一。让我们做一个假设，人类突然间拥有 100 架哈勃望远镜环绕地球，为了得到全部深空的大略图像，我们需要扫描将近 26 万个点。假设扫描一个点需要 3 个月，26 万个点就需要 78 万个月，也就是 65000 年左右。用 100 台哈勃望远镜，也要 650 年左右才能扫描完。650 年前，中国还处于明朝时期，欧洲的英法百年战争还尚未结束，哥白尼还要再过近 100 年才出生。在人类的历史上，从来没有什么工程能够持续不断 100 年以上，持续 10 年、20 年的工程就已经被视为超级大工程了。（修筑金字塔、长城这种大规模的古代工程，或许绵延的时间超过了 100 年，但却是断断续续进行的。）更何况，100 台哈勃望远镜，更是超越了人类制造能力的极限。

由此可见，想要一窥宇宙的全貌，看得更清楚一些，就不是目前人类的文明程度所能承受的。

然而这并不表示毫无希望。就像人类社会从来不知道自己该向何处去，仍旧能够跌跌撞撞走到今天，宇宙间的探索也是如此，而且必然如此。对宇宙的探索也有好消息，2014 年 4 月出版的《科学》杂志上，就刊登了在一颗红矮星的宜居带发现地球堂兄弟的消息。虽然我们并不能确认那就是另一个地球，然而不久的将来，我们一定会发现并且确定类似地球的所在。

生命之众

宇宙除了大，另有一个奇迹。这个奇迹就是生命。

虽然我们没有直接的证据，但有理由相信生命在宇宙中普遍存在。理由很简单，地球是一颗普通行星，既不独一无二，也非绝无仅有。类似地球的星球数量，或者说能够拥有液态水的星球数量是一个庞大的数字。也许在一个星系内，这样的星球存在的可能性大大低于一，然而因为宇宙之大，星星之多，在以亿万光年计算的宇宙里，类似地球的行星将是一个庞大的数目。无穷大的十万分之一仍旧是无穷大，就是这个道理。

生命的普遍存在和宇宙的浩渺无际恰好是一个硬币的两面，紧密地结合在一起。设想一下，如果在只有十个地球的宇宙中，生命只在地球存在让人心安理得；在拥有一百个地球的宇宙里，生命只在地球存在就有些让人惊异；若一千个星球中还是只有地球是幸运儿，那一定是造物主偏心；如果在一万个，甚至亿万个星球中，只有地球上拥有生命，这就怪异到令人无法置信。地球不是宇宙的中心，生命亦然。

宇宙是宏大的，生命是微小的。最大体型的生命，在宇宙的尺度下，都是微尘。然而生命却比宇宙复杂。生命的起源仍旧是一个秘密，我们无从知道那初始的时刻到底发生了什么，然而那一定是一种自然的过程，从无机到有机，从简单到复杂，生命遵循着规律不断演化。也许有一天，会有一种理论能够解释整体的生命现象，而进化论只是其中一部分。就像牛顿力学是相对论在宏观条件下的近似，达尔文进化论是整体生命演化理论在复杂生物中的近似。这一整体生命演化理论应该能够覆盖从无机到有机的过程，揭示生命之树如何从无机世界的土壤中破土而出；也应该能覆盖有机生命不断演化的过程，那是生命不断适应环境、改变形态、形成新的生命代谢机制和机能的过程。

引力和强相互作用力统治着宇宙，弱相互作用力则统治着生命。宇宙中到处都是核反应，生命需要的却是化合反应，不打破原子核，而只是在试验化合物的组成方式。

可以设计这样一个无限宇宙的思想实验：假设有一个无限大的宇宙，物质不断生成，形成各种元素，那么在这样的宇宙里，一种能自我复制的化合物总有机会被组合出来。既然能够自我复制，不管概率多么低，条件多么苛刻，只要宇宙足够广阔，时间足够漫长，这种化合物一旦产生，总会有机会大规模扩散。这是一种生命起源的可能方式。

有机物起源于无机物不是什么新颖的结论。其中，有一种特殊的生命形式可以给人一定启示：病毒。病毒介于生命和非生命之间的边界上。它的个体并不表现任何生命特征，无法进行任何代谢，然而一旦其侵入机体，就能开始自我复制，利用宿主进行生化活动。在病毒身上，生命和非生命的界限是模糊的，病毒能够被提纯并形成晶体。这是一种强烈的暗示，生命不需要女娲的一口仙气，或者上帝的神力，它从自然而来，从宇宙洪荒中而来，是化合作用的自然选择。

关于病毒，有一种猜想：病毒和最早的生命形态接近，但极有可能不是最早的生命形态。更有可能的是，它是高等级生命形态的退化，或是进化。为什么这么认为呢？因为病毒依靠侵入细胞而复制，它是寄生者，寄生者不应该先于寄主存在，尤其当我们讨论的是生命之初的情形。

生命的进化是一个不断变得丰富的过程。新的化学物质和化学反应不断地被发现，并被记录在 DNA 中。生命的漫长发展史就是一部活生生的有机化学史，而这本书一直在被人类翻阅。起初，人类并未意识到这本书的宏伟，直到现在才逐渐认识到。但即便我们明白这是一本巨著，其中的很多内容已经无法看到。它是一本经历了许多岁月的书，随着时间的推移，页数不断累积，同时前面的书页开始泛黄、腐朽。我们所能看见的只是残篇而已。

关于生命是否进化，是否从低级走向高级，这令人心存疑问，所谓"低级""高级"更只是价值判断。但是生命所能包含的内容越来越丰富，基因库越来越庞大，这应该是不争的事实。这是用时间堆积起来的生命大厦。

生命如何从简单形态进化出复杂形态，基因学和进化论给出了一个模糊的正确答案，而之所以没有准确答案，是因为过程实在太过复杂。从无机物进化出生命也许只需一刹那，然而生命从简单到复杂，却是时间累积的结果。要求理论上解释复杂的生命进化史，就像用一架哈勃望远镜看尽所有的深空一样，只存在理论上的可能性——谁也负担不起那样的时间，能够专注研究好一个小领域就足够获得诺贝尔奖了。好在人类已经学会累积知识，在遥远的将来，如果人类能一直这样累积下去，时间之矛仍然有机会刺穿时间之盾。

生命智能

我们通常把超出本能的智能称为智能。这个定义似乎有些奇怪，可以看作狭义智能和广义智能之间的区别。

一个孩子，我们并不认为他具有智能，只有经过不断教育，才能最终拥有智能。然而孩子仍然具备一些本能，比如哭泣和吃奶。动物的本能则还要强大得多，如蜜蜂能够采蜜，可以利用阳光导航；红蚂蚁可以俘获黑蚂蚁作为奴隶；马儿落地就会奔跑；鱼儿孵化后就能游动。动物本能的强大说明了一个道理，即行为是可以编入 DNA 的。可以说，本能是一种简单的智能，只需要生成相应的器官，匹配相应的化学反应就可以进行。

而本能的界定，应该从隔绝了双亲的子代行为来认定。人的本能，一向被认为不如动物强大，但这可能不是完全的事实。人类婴儿是一个不成熟的个体，而那些本能强大的动物从子代产生的时刻起，子代就是完全的个体，即便没有性成熟，但在其他方面都是完善的。如果真正要研究人类的本能，应该关注七八岁的孩子，然而由于人类社会性发达，七八岁的孩子早已经从父母那里学习了太多，本能在他们身上就变得相对不重要。哺乳类动物都有从亲代学习技能的能力，只不过人类尤甚。

如果一种生物的能力能够被编入 DNA 中，不需要后天获得，它就会被划入本能的范畴。只有通过后天学习得到的能力，才被称为智能。智能的源头就是学习，没有学习就不存在智能。再复杂的本能，也只是本能。

关于本能和智能，还有一点可以思辨。本能影响的只是生物个体，尽管本能可以进化，也能够演化得非常复杂，然而它只能在一代代中积累。每一代通过遗传从上一代中获得信息，通过自然选择获得变异并传递给下一代，这些变异有益还是有害还不得而知。有一种假设认为，时间的伟力可以造就一切，只要假以时日，生物界就能够进化出拥有强大本能的生物，强大到令人难以想象。到那时，我们是否可以真的看见龙，或者是在太空里也可以飞行的超级生物？遗憾的是，这种设想是错误的。本能再强大，也只是为生存和繁衍服务。只要一种生物生存和繁衍的机会不受到挑战，其本能的进化就会趋于停滞。

本能，或者说仅仅依靠DNA编程的能力永远无法将生物送上太空，因为那不符合生物生存繁衍的需要。然而，智能则让我们看到一点希望。

我们可以对智能进行定义，以此作为讨论的基础：智能是通过学习得到的能力。

智能的来源是学习，学习的本质则应该是记忆。我们可以给予学习一个比学校教学更广泛的内涵——记住发生过的，预见将来。用这个定义来审视人类的行为，我们所进行的第一种简单智能，是学会走路。婴儿从爬行到走路的过程并非没有记忆，只不过，那种记忆在人的脑干中成了无意识反应。神经系统记住了脚底传来的信号，并且知道应该如何反馈。学会走路并不是一件容易的事情，大部分人都需要花费几个月的时间来掌握，它是我们的第一种智能行为。如果没有人教孩子如何行走，他就会继续爬行。狼孩就是如此。

有人可能会认为，智能应当是后天习得能力的能力。这样的争论意义不大，习得的能力就是习得能力的能力的直接体现。而且，如果没有习得能力，习得能力的能力就是毫无意义的。这就像是一个自认为聪明的学生却什么都不学，结果就"伤仲永"①了。外星人的大脑袋肯定不是摆设，一个脑袋空空、什么都没有学过的人，没有人会把他当作天才。只有通过学习，才能真正成为天才。

继续讨论走路的话题。直立行走显然没有上升到意识的层面，仍然属于初级智能。

什么是高级智能？什么又是意识？

高级智能是能对记忆进行处理的智能。为什么动物会产生记忆呢？动物记忆的源起应当由复杂的环境所驱动。我们可以通过比较鲨鱼和狮子的捕猎行为来理解。鲨鱼的捕猎过程是一种简单粗暴的过程：游动，追上，一口咬下。对于鲨鱼来说，存在于DNA中的本能足够它获得足量的食物，只要它游得够快、咬得够狠。而它的对手，那些大大小小的海洋生物，在海水中的运动也无非如此。然而，在陆地上的狮子就没有那么幸运。陆地的情况要复杂得多：地形多样，有山丘、树丛、草原，风向也会变化，更重要的是，猎物也在不断地进化成更复杂的形态。假想一种情形，原本草原上的动物只会奔跑，捕猎和逃避的策略就是比赛谁跑得快。很快，两个物种就能达到速度的极限，而捕猎者因为需要力量，体型会变大，速度上就会吃亏。在这种情况下，仅依靠拼命奔跑战胜竞争对手就会变得不划算。在这种情况下，对于捕猎者来说，明智的策略一是尽量缩短和猎物之间的距离，这样在捕猎发生的时刻，猎物来不及发挥奔跑的潜力；二是增强爆发力，争取在短途奔跑中胜过对手，因此爆发力恰好也是猎杀所需要的要素。

---

① 出自王安石散文《伤仲永》，讲述了一个名为方仲永的天才因缺乏后天学习而泯然众人的故事。文章强调了后天学习和教育的重要性。

虽然爆发力是一种本能，但如何尽可能接近对手就并非本能所能及。因为情况太复杂，而且和对手的行为直接相关，只有后天的习得才是最有效的手段。所以我们所见的陆地上的独行捕猎者，相对它的猎物往往都在爆发力和智能上胜出。而复杂地形上的动物比简单环境中的同类也往往更聪明。

为了应对复杂的记忆需求，动物的大脑开始发育起来。大脑是神经细胞的聚集，具体的形式如何我们不做探讨。它的功能就是记忆，把外界的情形转化为内在的记忆。上文讨论初级智能的时候，我们已经通过婴儿学步的例子描述了这样一种反馈的大致情形。现在我们来进一步讨论更复杂的情形。

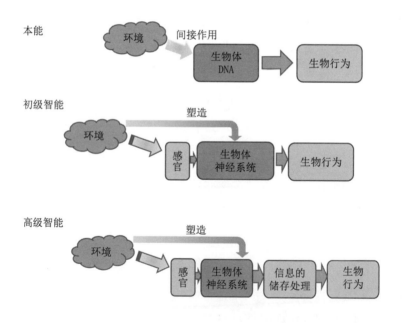

最早的智能从本能行为发展而来。本能是无须学习的能力，比如虾子遇到扰动，发动弹跳。假设有一种特殊的虾子，因为某种原因多了两条神经回路，这两条神经回路原本没有实际作用，然而在特殊的情况下，却能让虾子的生存概率大大增加，比如当虾子感受到左侧刺激时，会通过触发反应而向右跳，反之亦然。这样一种反射行为在虾子的神经网络中固定下来，就形成了新的习得行为。拥有这种习得行为的虾子会比普通虾子的生存概率大大增加，不久之后，这种变异的基因就能扩散到整个族群，这种拥有冗余回路的虾也就具备了初级智能的基础。巴甫洛夫的条件反射实验也很好地说明了神经系统如何学习低级智能。该实验通过在给狗喂食之前敲铃，久而久之，即便不喂食，狗一旦听到铃声也会流口水。这说明狗的进食回路和听觉回路在外界的不断刺激下发生了关联，是一种低级智能的表现。

从低级智能到高级智能，一个关键步骤是记忆。低级智能是对当前的即时刺激产生的神经反应，高级智能却是对当前和历史的共同刺激产生反应。而所谓的历史刺激，就是记忆。记忆是神经体系的印痕。看到的东西传入脑部，形成刺激，这种刺激会在大脑中留下痕迹。这就像存储在电脑中的比特并不是真正的图像一样，但是借助一定的算法和硬件可以将其还原成图像。大脑中的印痕本身也不是图景，而是图景的某种映像，借助人脑固有的翻译系统可以形成场景。（这里就引发了一个衍生问题，这样的情形说明我们的头脑善于自我欺骗，如果一个人大脑的翻译系统出现问题，他就可能生活在幻觉中，而这种幻觉对于他自身而言却无比真实，因为那和我们大脑看到的真实情况是一模一样的。）

思考的本质，就是尽量关联记忆。思考的时刻并不一定需要外界的输入，因为这些输入已经存在于头脑中。某些突如其来的触发事件，比如牛顿被苹果砸到、梦见头尾相咬的蛇，可以在关联间助推我们思考。

高级智能和低级智能的分野，在于是否将历史刺激加入关联。需要补充说明的是，从低级智能到高级智能并无绝对的界限，生物智能的发展总是循序渐进，哪怕在同一个生物身上，低级和高级智能的表现也是并存的。判断是否关联历史刺激，在某些情况下也比较困难。对于同一种智能行为，在不同动物身上可能是低级智能，也可能是高级智能，甚至可能是本能，因此需要依据具体的情况进行分析。

而高级智能之间的比较，或者说谁更聪明这个问题，就依赖于大脑能够储存多少记忆，以及这些记忆之间能产生多少关联。这涉及数量上的变化。脑细胞越多的动物越聪明，这是一个简单的规律；如果脑细胞的数量相当，那么每一个细胞和其他细胞之间的关联就成了决定因素。

关于高级智能还有一个重要问题，就是自我意识。我们想知道智能高到什么程度才会产生自我意识，以及自我意识到底是什么。一种普遍的检验方法是镜子实验，通过动物是否能辨认出镜子中的动物就是自己来确认动物是否有自我意识。这种方法确认那些能够辨认出镜子中自己镜像的动物具备自我意识，却不能完全否定不能辨认的动物没有自我。公认智商较高的几种动物，比如黑猩猩、大象、海豚，据说都通过了这项测试。而一些较低级的动物，则无法通过。公鸡会不断攻击玻璃中的影像，那便是将镜像的公鸡当作了一个真实竞争者，未能通过镜子实验。自我意识在动物界中广泛存在，只是深浅有别。万物有灵是个较为宽泛的提法，从最简单的生命形态到人类，自我意识的强度不断提高。镜子实验恰好可以对其强度划下一个基准。如果以镜子实验作为标准，那么至少那些较高智能的生物是"有灵"的。

个人认为，自我意识也是一种记忆的结果，它是记忆能力和关联能力发展到高级阶段的自然产物。换言之，自我并非一种独特的东西，只要拥有高级智能（这里我们讨论的是生物界的智能，而非后面将要讨论的机器智能，机器智能具有特殊形态），高级智能就能够觉察到自我的存在，自然也就能够拥有自我意识。

智能的产生并非偶然，在地球上，我们可以看到各种环境下的高级智能：海中的章鱼、捕猎的猫科动物、合作狩猎的犬科动物；甚至大象会有葬礼和哀悼、黑猩猩会发动战争；鸟类当中，鹦鹉和八哥可以学习人类语言，乌鸦可以利用石子来喝瓶中的水（这并非编造的儿童故事，而是真实存在的）。高级智能的普遍存在告诉我们，人类并非独一无二的高智能生物，我们只是相对其他生物略占优势而已。而且这微小的智能上的提高，并不能让人类独霸生物界，因为生存并非只需要智能就能解决。这一点可以从原始人类生存的艰难和对熊、罴、虎、豹甚至虫、蛇的崇拜得知。

使人类获得统治性地位的是文明。黑猩猩可以说是最接近人类的灵长类动物，而且黑猩猩也具有一定的社会性。然而，它们没有复杂的语言、传承和文明，所以它们仍旧是动物，在生物竞争中并没有建立突出优势。相比之下，我们人类居住在干净舒适的房子里，享受着丰盛的食物，免受大自然的侵害，感到安全与放心。但是我们要记住，这一切都是因为每个人站在人类文明的基石之上。单纯从个体来看，人类并没有显著优势，即便在最具优势的项目智能上，差距也并没有一般人所想象的那么大。

人工智能

从宇宙的广阔，到生命的普遍，再到动物的智能，这一切都是自然已有的事物。下面我们将探讨最后一个话题，一样被人类所创造的东西——人工智能。

人工智能是目前的一个热门话题，大家都在讨论真正具有自我意识的人工智能什么时候会产生，人工智能是否会对人类友好，是否会像很多科幻小说里所描述的一样对人类进行奴役，或者人工智能能够给人类带来怎样美好的明天。这些问题都没有确定的答案，因为未来之所以迷人，就在于它是不可预测的。

我们无法预言人工智能的具体形态会是如何，现代科技的发展远远超乎人的想象，就像没有任何人能预计到智能手机会变成今天这样的形态，而且如此深入我们的生活。在没有见到之前这都是无法想象的，但是我们可以就人工智能的性质进行定性的探讨。

在计算机领域有一个著名的图灵测试，艾伦·图灵在1950年提出这样一个假设：如果一台机器能够和人对谈（当初的设计是通过纸条，但是在现代技术下，语音对谈完全可以实现），而让人误以为它是一个人，那么这个机器就通过了测试，可以认为这台机器拥有了类似人类的智能。也许是当初的条件所限，图灵把通过测试的条件放得很低，只要有30%的人认为机器是人类就算通过。2014年6月8日，英国的图灵测试大赛宣布一款来自俄罗斯的智能软件尤金·古斯特曼（Eugene Goostman）通过了图灵测试。它通过键盘输入和人对谈，在五分钟的对谈后，33%的评委认为他是一个13岁的少年。这是一项划时代的突破。能够通过图灵测试，说明人和机器之间的思维界限是模糊的。什么是机器的思维，什么是人的思维？这并没有一个清晰的边界。甚至可以认为，人的思维并不存在独特之处。如果能够把思维完全分析至每一个逻辑步骤，那么在最基本的环节上，思维的本质是一致的——逻辑。即便某些思维表现出跳跃性和非理性，那也只是一种宏观的表象，每一次脑细胞发出神经电流，每一次突触的震颤，都符合逻辑和物理定律。当然，这里的论证有一个漏洞，就是细节上的一致性未必表现出整体的一致性。我们的神经系统可能是一个混沌体系，人的每一次思考，可能会有不同的结果。这的确是一个强有力的反驳，然而让一台机器的思维具有混沌效应，并不是很困难的事。

关于图灵测试，存在一个著名的反驳，即中文屋子的思想实验。假设有一个不懂中文的人坐在一个屋子里，但他可以通过查字典来回答问题。外面的人不断向屋子里提问，屋子里的人根据手中的字典来给出答案。在这种情况下，屋子里的人实际上并不懂中文，但他能够让外面的人认为他懂中文。这说明屋子里的人并没有真正拥有懂中文的智能，只是给人一种错觉。

但是这个反驳本身存在错漏。屋子里的人本身的确不懂中文，但是他拥有工具书，工具书可以被看作一个记忆载体，所以虽然他的大脑中没有关于中文的记忆，但工具书给他提供了记忆的补充。屋子里的人所做的一切，都是根据记忆对眼前的输入进行判断，并给出反馈，这完全符合我们对智能的定义。屋子里的人和他的工具书共同构成了一个智能体，这个智能体是懂中文的。

这样的一种情形可以推广。我们现在拥有强大的搜索引擎，极大提高了记忆的深度和广度。虽然互联网所提供的记忆并不像内嵌在大脑的记忆那样快速，但至少它可以提供足量的信息。所以，在今天的世界，任何接入互联网的人都可以称自己为知识渊博的人。但在 ChatGPT 出现之前，互联网所能提供的仅仅是记忆，还不能提供关联。如果可以在进行搜索的同时对搜索的结果进行关联，那么一个超级智能就诞生了。前述通过了图灵测试的软件，就已经是一个雏形。在那种情形下，智能体的主从地位也会发生颠倒，互联网智能成为主体，而人类的角色则变成输入提供者和输出接受者。

2022 年，ChatGPT 的诞生正在逐渐实现这一场景。ChatGPT 可以视为一个超级智能体，它吸收了人类既往的知识，并且形成了高强度的关联，是一个高级智能体。但高级智能体并不一定意味着拥有自我意识，还需要其他方面的补充，但这并没有什么特别难以逾越的门槛。在可预见的未来，我们非常有可能看到拥有自我意识的机器的出现。

机器自我

关于机器的智能，有一点必须论及。很多人认为机器不会具有自我意识，因为它们是按照编程来运行的，是没有生命的。这种观点触及了人工智能的核心问题——我们如何制造人工智能。然而这种观点没有触及最新的人工智能进展，因此不够全面。

我们从"深蓝"开始讨论这个问题。深蓝在 1997 年战胜了卡斯帕罗夫，人类的国际象棋大师不敌电脑。这件事在当年轰动一时。仔细推敲深蓝的智能，它的做法是利用海量记忆，根据当前卡斯帕罗夫的棋步，回去验证所有的历史棋局，然后寻找到胜率最佳的一步。

和生物的智能比较，这样的智能是本能吗？显然这超出了本能的范畴。虽然同样是预先设立的程序，但是程序本身会搜索海量记忆，这已远远超出了生物的本能，甚至比一些初级智能也更高级。它还具有关联的能力，卡斯帕罗夫的每一步都会被用来和记忆对照，寻找下一步的最佳方案。换言之，这样的能力的确和智能的表现很类似。从外部的观察来看，我们很难看出区别。

深蓝的智能和人类或动物的智能的差异，体现在其智能的获得方式。

关于生物智能的论述，已经说明了一个重要观点，智能是通过学习得来的。而深蓝的智能，是人类直接赋予的，人们的潜意识里能够认识到这种获得智能的途径不同，因此人们的普遍看法就是这样的智能不是真正的智能，深蓝不会像一个人一样具有自我。我同意这样的看法，直接赋予的智能再强大，也和生物所拥有的智能有本质上的不同，我们可以用一个词语来形容这种智能：拟智能。

拟智能和智能之间的不同，可以用这样的方式来界定：拟智能是直接赋予的智能，而智能是由主体通过学习获得的智能。凡是能够学习的机器，我们都可以认为和生物智能相匹配。

从这个观点出发再来审视已经报道的人工智能消息：大量运用的机器手臂、工业机器人，显然都是拟智能；网络上的聊天机器人基本上也可以被划入拟智能的范围；深蓝是高等级的拟智能。

拟智能并不是让人类所担心的事物，因为再高超的拟智能也无法突破预先划定的范畴，深蓝可以下赢国际象棋，然而不会发展出新棋路，它所达到的高度事实上就是人类的历史高度。卡斯帕罗夫虽败犹荣，因为他不是输给一个真正的异类，他输给的是历史上最好棋手的集合，以及那些幕后的程序员和工程师们。拟智能是智能的一种很好的重现，但也局限于此。

现代的人工智能，已经向着神经网络、深度学习的方向发展。深蓝这类的拟智能机器仍旧会有市场，而且是巨大的海量市场，但他们不会处于前沿地位，因为无论从社会影响还是未来趋势来说，这类机器智能只存在量的增长，不存在质的突变。当前热门的自动驾驶就是拟智能。能自动驾驶的汽车很炫酷，但它们只是承担特定任务，并且使用编程解决。人们不会将其看作像猫和狗一样的存在，也并不担心它们会成为人类的竞争者。驾驶员的工作职位或许会堪忧，但就像工业机器人取代工人的职位，人类社会整体上不会对此感到忧虑，反而会热烈地拥抱它。

神经网络、深度学习则完全不同。神经网络通过学习来获得智能，在获取智能的方式上，已经和生物界一般无二。

神经网络到底是由什么方式组成的呢？虽然可能存在多种方式，但是它们的本质模式是不变的——和生物的大脑学习过程一致。我们来看两则消息，第一则是谷歌收购的一家名为 DeepMind 的公司。这家专注人工智能的初创公司设计了一个系统来玩游戏，该系统没有任何预设的规格，只是不断尝试游戏，并根据结果不断修正输入和输出之间的关联。结果经过长时间的训练，这个系统可以熟练地玩游戏，并且比许多人类玩家玩得更加出色。这是一个简单的系统，因为它只有四个当前连续的游戏图像作为输入，输出也仅包括四个选项，控制上下左右。针对它进行的训练就是一局局练习，每一次它能够理解分数的高低，然后不断在下一局中争取更高的得分。虽然简单，但它的确符合我们对智能的定义，因为它通过学习获得了能力。因此，这是真正意义上的人工智能。这件事情的最终结果是 2014 年 1 月 26 日谷歌用 4 亿美元（也有说 5 亿美元）收购了这家公司。

第二则消息是国际商业机器公司（IMB）于 2014 年 8 月所公布的真北（TrueNorth）芯片。

这是一种非常接近生物脑的芯片，具体的原理就不在此阐述。大致而言，就是 IBM 用了 54 亿个晶体管，制造出 100 万个神经元，拥有 2.56 亿个突触。需要注意的是，这是一个模拟大脑的芯片，虽然和人脑约 140 亿的细胞和万亿级别的互联相比仍旧有很大差距，只是一种拙劣的模拟，可能仅类似鱼类或者两栖动物的大脑规模，但在基本结构上已经接近了。创造出和人脑类似的机器头脑只是时间问题而已。困扰 IBM 的是如何让这个大脑工作起来。启动这个大脑所需要的思路和一般的程序完全不同，它所需要的是训练模式的编程，也就是给它划定一个好和不好的边界，然后让它自己去尝试。传统的算法和编程技巧在这里无能为力，因为这样的大脑所需要的已经不是既定程序了，而是原则性指导。将来的程序员，可以将自己称为机器智能导师，人生观和世界观比计算机技术更重要。

以上两则消息，基本上回答了人工智能何时到来的问题。答案是它已经在那里，只是很多人尚未意识到。未来早已发生，只是尚未普及。

人工智能是否会具有自我意识？这个结论不言自明，只要它的能力是通过学习得来，这样的一个神经网络本身就被赋予了觉察自我的潜力，一旦机器头脑的复杂度足够，自我意识的产生就是不可阻挡的。此刻不是争论人该不该做上帝的时候，因为人类已经做了上帝，一旦具有学习能力的机器被制造出来，人类就已经在造物。

我们也可以通过一个三段论的形式来表达这个观点：智能是认识世界的手段；智能的本体是世界的一部分；所以，智能能够认识自身本体。

而人工智能会变成怎样？这是一个开放性的问题，然而它也有一个开放性的答案。因为它具有类似生物的学习性质，它的行为实质被环境所塑造。那么具有机器智能的存在会和人类开战吗？会的，如果人类将它塑造成敌人。它会与人友善吗？会的，如果人类友善地对待它。

我们所需要记住的一点是：具有学习能力的机器头脑是另一种形式的生命。我们需要用一种尊重的态度来对待它们，就像我们对待不同族群的人类。它们的未来，取决于我们今天的行为。我们无法预见未来究竟会变成怎么样，但至少我们要努力影响它向着积极的方向发展。

最后再讨论一个热门话题——意识上传。人类是否能够通过意识上传来达到永生。作为科幻写作与科幻电影的灵感来源，意识上传非常具有吸引力。然而，如果承认意识的来源是学习，而学习所得的一切都固化在大脑中，那么意识上传将是一个遥不可及的梦想，或者将永远是人类的幻想。我们至少可以从两个方面来说明这个问题。

第一，人脑的记忆是一种整体印记，我们存储在计算机中的数据需要通过解码器来恢复成物理信号，然而大脑却没有这样的解码器。大脑的运作机理尚没有得到清晰的了解，但是从目前的研究进展来看，大脑是作为一个整体在运行的，整个大脑既是存储器又是解码器。虽然人的大脑在大体上相似，但实际上却没有两个大脑能完全相同，即使是同卵双胞胎，因为成长经历的不同，也会有不同的大脑。换言之，每个人的存储和解码过程原理上虽然一致，但细节上都是不同的。要精确地将整个记忆和逻辑复制出来，唯一的可能是精确地复制大脑。但仅仅复制大脑还不够，复制的大脑还必须与原大脑对应的输入输出保持一致，否则复制的个体将无法正常运作，比如出现大脑瘫痪，甚至在重新启动后可能都无法认知自己是先前的那个人。因此精确地复制一个大脑是一项极富挑战意义的工作。想象一下 140 亿个细胞和万亿级别的互联吧，再考虑到每一个细胞内部都有可能存在的不同，我们应该用什么方式和工具将其精细地扫描出来？

第二，人是一个有机的整体。人真正的存在驱动力是欲望。佛家有云"众生皆苦"，人被局限在自己的生物性中，是不自由的。然而，人之所以为人，正是因为这许许多多的欲望存在，当欲望泯灭，人的存在也就失去了最基本的根由。那么为了意识的自由，我们该如何？佛家给出的答案是涅槃。这个哲学家提供的答案也许恰好正中靶心——失去了肌体的人类，只会自我湮灭。于是，意识上传就成了一种自杀之路。

那些具备自我意识的机器究竟会如何，我们不得而知。作为当下的人类，我们很难理解那种生命形态的生存欲望会如何表现。它们有可能完全不成功，一旦自我意识萌发，机器就会自我毁灭。也有可能它们能找到自己的生存之道。

如果这些机器能活下去，那么最有可能发生的是什么？

宇宙之大，那是机器生存的广阔天地。构成我们身体的物质，事实上是上一次恒星爆炸所抛洒出的物质。从这个意义上说，人类是星星的孩子，而具有智能的机器是人类的孩子。如果有一天，人类的文明能够将触角伸向太空，智能机器将站在人类身边，或者，它们将独自跨向星海。

> 我们都是星星的孩子，并渴望回到星星中去。
>
> ——卡尔·萨根

从宇宙到生命再到智能，最后到人工智能，从无到有再到创造，智能的进化不会停止。它将跨向何方？

让我们拭目以待，因为奇点并非悄然临近，而是我们正站在奇点上。

满天星斗下，人类和机器携手而行。

将文明赋予机器，这是人类的使命，也许是最后的使命。

后记
我的科幻之路

  我从 2003 年开始发表科幻小说，至今已经 20 年。在这 20 年的时间中，创作科幻小说大概是我人生最大的乐趣之一。关于我是怎么走上这条道路的，可以简单地做一个回顾，也算是对过去 20 年科幻创作的一个小结。

  我出生在浙江省杭州市淳安县千岛湖镇，当年叫作排岭镇。按照现今的提法，这个地方应该可以算是四线或者五线城市。在我成长的年代，排岭镇上的人口不多，只有两所小学，一个年级入学的人数加起来大概有三四百人。这样算起来，镇上的总人口大约在一万到两万之间。那时候还没有"小镇做题家"之类的说法，小镇上的学生凭着天赋学习，没有现在这么卷。学习成绩好一点的学生会得到老师的眷顾，参加竞赛培训。

那些都是不收费的自愿活动，目的是开发学生的潜能，参加竞赛。不过那时候的人们，完全没有想要靠竞赛走捷径的心思，也没有靠竞赛培训致富的想法。说起来，还真的颇为怀念"卷"这个字眼没有被赋予今天的流行含义的年代。

在这种宽松的气氛中，我的成长路径也是完全自由的，全凭运气和个人兴趣。在镇上的图书馆，有一类图书引起了我的注意，有《少儿科学画报》这样图文并茂介绍科学的，也有《奥秘》《飞碟探索》这样讲离奇故事的，还有像《小灵通漫游未来》《神翼》《五万年前的客人》这样的单行本科幻小说。这些故事在我的心头种下了种子，神奇的科学技术、美好的人类未来都深刻吸引着我。有一件令我记忆深刻的事情，大概是在小学四年级，班主任老师问大家长大后想要干什么，我回答"我想成为宇航员，去开拓太空"。这个回答对于今天的孩子来说可能很普通，但在 30 多年前的一个小镇上，这一回答还是引起了同学们的一阵哗然。大概那个时候，我看了许多科幻的书籍，宇宙、太空还有未来都成了我意识深处的一部分。这是我将来踏上科幻之路的最根本的条件。

和科幻的缘分继续，则发生在进入清华大学学习。我于 1996 年进入清华大学学习，那个时候，恰逢计算机技术兴起，紧接着是互联网的兴起。在 20 世纪 90 年代，中国的互联网还只处于起步阶段，但是对于高校的学生来说，它带来了一种完全不同的社交模式——BBS（Bulletin Board System，电子公告板）。BBS 是一种极为简陋的终端模式，看上去就像是 DOS 模式的界面，依靠键盘操作，浏览文章也使用极简的文本框模式。但是就是这么简陋的互联，却打开了一扇窗户，让我找到了许多有共同兴趣的爱好者，也读到了更多的科幻小说。

充分的交流是极好的触发条件，很多机会在交流中产生。对社会经济就是如此，对我来说，小时候的阅读培养了对科幻的热情，BBS 则让这种热情开始发酵，让我产生了创作科幻小说的冲动。

直接的触发则是 1998 年的《科幻世界》征文。我的两个同学，孙静和郭进，恰好组织了清华科幻协会。1998 年的清华科幻协会和今天的清华科幻协会并没有直接的继承关系，属于一段已经沉没的历史。那是清华第一次有科幻协会，他们恰好要组织活动，而正好《科幻世界》也想在北京组织一次活动，于是就有了《科幻世界》在清华的征文活动，同时也是对郑文光先生的一次慰问活动。在那次征文活动中，我写出了我人生中第一篇科幻小说，题目叫做《历史》，讲述的是后羿射日其实是外星人来地球的一次事件。这篇小说获得了三等奖，似乎是个不错的结果，但我同寝室的同学钱海峰写了一篇很短的只有一千字的小说，结果却获得了二等奖，还刊登在了《科幻世界》杂志上。而我的那篇则有一万字，我就感到很不服气。于是，我就开启了漫长的写作投稿路，一直到 2003 年我完成研究生学业。

从 1998 年到 2003 年，我大概创作了十篇科幻小说，都没能发表，只能放在 BBS 上供网友观摩批判，至今它们仍旧躺在水木清华科幻版的精华区里，放在网友大作的分类下面。一个人的创作热情，如果得不到正向的反馈，可能慢慢也会消退，不再挣扎。但对我来说，一个好运气是在我临近毕业的时候，终于正式发表了第一篇科幻小说。仍记得我当时是在实验室里接到了来自《科幻世界》的电话，心情非常激动。我想，如果不是这一次发表，可能我毕业之后就不会继续从事科幻创作了。这一次成功发表，像是给我的创作之路打了一剂强心针，让我更加坚定地走在

后记 我的科幻之路

创作科幻小说这条道路上。

此后的十年，我始终把科幻创作当作一种爱好。有了想法就写，写了就投稿，因为持续不断的投稿，和编辑也逐渐熟悉起来。这段时间，对我来说，最重要的一件事就是坚持不断创作。在《科幻世界》上发表小说的人很多，但持续创作的人却很少。这是《科幻世界》的编辑总结的。因为当时写科幻小说并不能带来多少收益，作者都将其当作业余爱好。当时可供发表的平台也极少，甚至有段时间，只有《科幻世界》一家平台能够发表科幻小说。这样的状况也就导致了今天中国的科幻圈，绝大部分作者都和《科幻世界》有着或多或少的关联。我能够长期坚持创作，其中最重要的原因，还是爱好。孔子说："知之者不如乐之者，乐之者不如好之者"。创作科幻小说，对我来说是一桩乐事，我想这可能是在科幻仍旧冷门小众的时期，我能维持科幻创作热情的最重要的原因。

写作是一个自我成长的过程，创作了一定数量的短篇科幻小说之后，我自然就开始向着长篇进军。这是一个水到渠成的过程，但恰好也和时代的节奏相符。中国的原创科幻，曾经在20世纪80年代受到猛烈打击，一蹶不振。重新出发的科幻小说创作者，作品发表主要围绕着《科幻世界》这个平台，体量以中短篇为主。但在2003年，一位叫做钱莉芳的作者创作了一部长篇小说《天意》，刊印成书，卖得很不错。一下子给许多作者打开了思路，大刘和老王大概也是从那时候开始了写作长篇小说的步伐。到了我开始创作长篇的时候，差不多是在2010年左右，也算是跟在大刘、老王这些前辈的后面，踏上了原创长篇科幻的潮流。

2010年还发生了一件事情，让我进一步向着科幻圈靠拢，那就是我第一次到成都参加笔会。去参加笔会的原因，是 2009 年发表的《时空追缉》获得了银河奖杰作奖，必须要去领奖。说起来，我的小说第一次得奖，是 2008 年的《湿婆之舞》，但那个奖项是读者提名奖，我就没去现场。

从前我从来不参加笔会，一来那时的交通也没那么方便，二来，更主要的原因，是我认为没有必要专门跑去见一见编辑和其他作者。那时我认为创作就是我自己的事和爱好，和他人无关，和圈子无关。这就是我的想法。但是去了一趟成都之后，我的想法变了。我见到了那些只听过名字的作者，和他们的交流，像是让我打开了一扇大门，他们来自各种行业，因为对科幻的热爱而聚集在一起，能够坐下来一起交流意味着很多思想的碰撞，这是难得的机会。那个时候，我第一次见到陈楸帆，他和我一样把科幻视为一种业余爱好，在回程中我们交流，共同感受是在成都和科幻同好聚会就像是将你从日常中抽离，进入了另一个世界。从根本上说，这是一个圈子，从工作生活的圈子跳出来，进入一个由不同人组成的科幻圈。用韩松老师的话来说，"那些奇奇怪怪的人来了，围着火堆跳着舞"。虽然这是一个有些抽象的意向，但科幻圈的确给人这样一种感受，它聚拢的人跨越各种不同的行当，有非常大的差异。好吧，我也加入进来了，算是正式融入了科幻圈。

那个时候，《三体》已经开始崭露头角，圈子里的人都在谈论。我当时正在创作《银河之心》，所以我坚持不去看《三体》，希望避免受其影响。我的心理状态是这样的，假如写作中有些情节和桥段雷同，至少我可以问心无愧地声明：我的确是在没有看过《三体》的情况下写完《银河之心》的，雷同纯属巧合。现在想起来，也有些可笑，文学是一种吸收消化借鉴的过程，这种想要遗世独立的情怀，是一种盲目的自大和对创作规律的不尊重。

写完《银河之心》三部曲后，有人找我商谈版权。这个问题比较敏感，所以具体情形不论。主要过程就是几次反复之后，我终于把版权签出了。能够签出改编权对作者来说总是一件好事，至少在经济上能够提供有力的支撑。但在一个人真正成为畅销书作家之前，这不是十拿九稳的事，有很多偶然性。但这件事多少对我也产生了影响，版权的潜在收益成了一种风险收益，被我考虑在将来的可能性之中，对我最终成为一个自由职业者产生了推动作用。

2017 年 7 月 17 日，我正式从公司离职。离职之后，我有了更多的空余时间。很多人就会问我，你是不是专职作家。我有的时候会觉得这是一个奇怪的问题，因为作家这个称呼，和上班的职业很不同，它是以结果来反推的。一个人如果每天都写作，但从来不发表作品，不获得社会承认，他就不会被称为作家。反之，一个人有正式的职业，但业余创作小说获得了成功，那就是一个好作家。我想，以作家作为个人职业的情况，在当前的社会中，或许只有网络文学的签约作者可以算是，因为网络文学的业态决定了作者必须每天更新，完成一定的工作量，这或许可以被称为职业作家。但如果一个人，只是有许多空余时间，有了灵感之后才写作，那么就不应该被称为职业作家，因为这样的写作方式和许多在职人士的写作方式并没有什么本质不同。所以我宁愿把自己称为自由职业者，而不是一个职业作家。

我辞职成为一个自由职业者的原因有两点，一是我观察了我的上司，和我上司的上司的生活，然后问自己这样的生活是不是我所想要的，回答是否定的。所以就职业发展而言，在一个公司内部稳步晋升对我而言不是那么有吸引力。二是经过多年的摸索，我终于认定创作科幻是我喜欢做而且有能力去做的事。

人活世上，做事大概分为三个阶段，第一阶段做能做的事，在职业的起步阶段，大部分人都是如此。第二阶段则是做擅长的事，能够高效地完成某些事，大部分人的职业发展都会进入这个阶段。第三阶段则是做喜欢做的事。一些人在经历了长久的职业发展之后，也会喜欢自己的职业，从而将其从擅长的事变成喜欢的事。对我来说，则是在半导体行业经历了第一和第二阶段之后，发现了自己喜欢做的事另有其事。辞职之后，我希望有更多的时间来做我喜欢做的事，这就是初衷。

但我的辞职并不是头脑发热的结果，我是经过仔细考虑的。那就是如果我只能以图书出版获得收益，我是否能够养活自己还有家人。15年的职业生涯给了我一定的财富积累，虽然算不上大富大贵，但是图个温饱的底子还是有的。而在解决了房子问题之后，在大城市的生存成本其实也并不算高。这是我的底线。只有满足了这两点，我才最终能够做出辞职的决定。然后，我就成了自由人，不再依附于某个公司，当然也就失去了来自团体的庇护和稳定的经济来源。（当然，前面提到的版权收入是一种风险收入，不能被当做底线来考虑，但的确也对我的决定产生了影响。）

一些怀抱文学梦想的青年，早早认定文学就是自己喜欢的事，所以决心全心投入，全然不顾及自己是否有独立的经济能力。我对他人的选择自然不会有什么强烈的否定意见，但从我自己的个人经验出发，我认为寻找一份能给自己带来稳定收入的工作，是安身立命之本。喜欢的事，可以细水长流。如果喜欢的事有朝一日可以替代安身立命之本，那么再全身心投入也不迟。

从2017年至今，一晃将近七年过去，对于当初这个辞职的决定，是否会后悔？人生不能两次踏入同一条河流，能够把大量的时间投入科幻创作，对我来说是一件幸福的事情。

另外也想重点强调一点，那就是个人的命运其实和整个国家的命运是息息相关的。我的少年时代，恰好有许多像郑文光老先生创作的那样的科普型科幻给我打开了一扇科学的大门，他们的创作正呼应着新中国社会主义建设的浪潮。而在我进入大学校门时，互联网的兴起无疑为我开始创作铺垫了道路。此后中国的发展一日千里，这种经济和科技上的不断进步给中国科幻小说提供了极好的社会土壤，而我在外企的工作也给我的自由职业生涯奠定了良好的经济基础。到现在，中国的科技发展正从追赶变为领先，这反映到文化上，也必然带来科幻创作的进一步繁荣。可以说，当下正是中国科幻的黄金时期，能够在这个黄金时代为中国科幻贡献一份力量，对我来说是一种荣幸。

我想，我会在科幻创作这条道路上一直走下去，去拥抱中国的明天，世界的明天，人类的明天。也非常期待，同时感到荣幸，能够和众多有才华的人一起，走出中国的科幻之路。